CAMPO GERAL

João Guimarães Rosa

CAMPO GERAL

Copyright dos Titulares dos Direitos Intelectuais de JOÃO GUIMARÃES ROSA: "V Guimarães Rosa Produções Literárias"; "Quatro Meninas Produções Culturais Ltda." e "Nonada Cultural Ltda."
12ª Edição, Editora Nova Fronteira, Rio de Janeiro 2016
2ª Edição, Global Editora, São Paulo 2022
1ª Reimpressão, 2022

Jefferson L. Alves – diretor editorial
Gustavo Henrique Tuna – gerente editorial
Flávio Samuel – gerente de produção
Sandra Brazil – coordenação editorial e revisão
Juliana Tomasello – revisão
Mauricio Negro – capa e ilustração

Dados Internacionais de Catalogação na Publicação (CIP)
(Câmara Brasileira do Livro, SP, Brasil)

Rosa, João Guimarães, 1908-1967
  Campo geral / João Guimarães Rosa. – 2. ed. – São Paulo : Global Editora, 2022.

  ISBN 978-65-5612-207-6

  1. Ficção brasileira I. Título.

22-99402 CDD-B869.3

Índices para catálogo sistemático:
1. Ficção : Literatura brasileira B869.3
Maria Alice Ferreira – Bibliotecária – CRB-8/7964

Global Editora e Distribuidora Ltda.
Rua Pirapitingui, 111 — Liberdade
CEP 01508-020 — São Paulo — SP
Tel.: (11) 3277-7999
e-mail: global@globaleditora.com.br

 globaleditora.com.br   @globaleditora
 /globaleditora   @globaleditora
 /globaleditora   /globaleditora
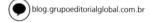 blog.grupoeditorialglobal.com.br

 Direitos reservados.
Colabore com a produção científica e cultural.
Proibida a reprodução total ou parcial desta obra sem a autorização do editor.

Nº de Catálogo: **4440**

CAMPO GERAL

Um certo Miguilim morava com sua mãe, seu pai e seus irmãos, longe, longe daqui, muito depois da Vereda-do-Frango-d'Água e de outras veredas sem nome ou pouco conhecidas, em ponto remoto, no Mutúm. No meio dos Campos Gerais, mas num covoão em trecho de matas, terra preta, pé de serra. Miguilim tinha oito anos. Quando completara sete, havia saído dali, pela primeira vez: o tio Terêz levou-o a cavalo, à frente da sela, para ser crismado no Sucurijú, por onde o bispo passava. Da viagem, que durou dias, ele guardara aturdidas lembranças, embaraçadas em sua cabecinha. De uma, nunca pôde se esquecer: alguém, que já estivera no Mutúm, tinha dito: — "É um lugar bonito, entre morro e morro, com muita pedreira e muito mato, distante de qualquer parte; e lá chove sempre..."

Mas sua mãe, que era linda e com cabelos pretos e compridos, se doía de tristeza de ter de viver ali. Queixava-se, principalmente nos demorados meses chuvosos, quando carregava o tempo, tudo tão sozinho, tão escuro, o ar ali era mais escuro; ou, mesmo na estiagem, qualquer dia, de tardinha, na hora do sol entrar. — *"Oê, ah, o triste recanto..."* — ela exclamava. Mesmo assim, enquanto esteve fora, só com o tio Terêz, Miguilim padeceu tanta saudade, de todos e de tudo, que às vezes nem conseguia chorar, e ficava sufocado. E foi descobriu, por si, que, umedecendo as ventas com um tico de cuspe, aquela aflição um pouco aliviava. Daí, pedia ao tio Terêz que molhasse para ele o lenço; e tio Terêz, quando davam com um riacho, um minadouro ou um poço de grota, sem se apear do cavalo abaixava o copo de chifre, na ponta de uma correntinha, e subia um punhado d'água. Mas quase sempre eram secos os caminhos, nas chapadas, então tio Terêz tinha uma cabacinha que vinha cheia, essa dava para quatro sedes; uma cabacinha entrelaçada com cipós, que era tão formosa. — "É para beber, Miguilim..." — tio Terêz dizia, caçoando. Mas Miguilim ria também e preferia não beber a sua parte, deixava-a para empapar o lenço e refrescar o nariz, na hora do arrocho. Gostava do tio Terêz, irmão de seu pai.

Quando voltou para casa, seu maior pensamento era que tinha a boa notícia para dar à mãe: o que o homem tinha falado — *que o Mutúm era lugar bonito...* A mãe, quando ouvisse essa certeza, havia de se alegrar, ficava consolada. Era um presente; e a ideia de poder trazê-lo desse jeito de cór, como uma salvação, deixava-o febril até nas pernas. Tão grave, grande, que nem o quis dizer à mãe na presença dos outros, mas insofria por ter de esperar; e, assim que pôde estar com ela só, abraçou-se a seu pescoço e contou-lhe, estremecido, aquela revelação. A mãe não lhe deu valor nenhum, mas mirou triste e apontou o morro; dizia: — "Estou sempre pensando que lá por detrás dele acontecem outras coisas, que o morro está tapando de mim, e que eu nunca hei de poder ver..." Era a primeira vez que a mãe falava com ele um assunto todo sério. No fundo de seu coração, ele não podia, porém, concordar, por mais que gostasse dela: e achava que o moço que tinha falado aquilo era que estava com a razão. Não porque ele mesmo Miguilim visse beleza no Mutúm — nem ele sabia distinguir o que era um lugar bonito e um lugar feio. Mas só pela maneira como o moço tinha falado: de longe, de leve, sem interesse nenhum; e pelo modo contrário de sua mãe — agravada de calundú e espalhando suspiros, lastimosa. No começo de tudo, tinha um erro — Miguilim conhecia, pouco entendendo. Entretanto, a mata, ali perto, quase preta, verde-escura, punha-lhe medo.

Com a aflição em que estivera, de poder depressa ficar só com a mãe, para lhe dar a notícia, Miguilim devia de ter procedido mal e desgostado o pai, coisa que não queria, de forma nenhuma, e que mesmo agora largava-o num atordoado arrependimento de perdão. De nada, que o pai se crescia, raivava: — "Este menino é um mal-agradecido. Passeou, passeou, todos os dias esteve fora de cá, foi no Sucurijú, e, quando retorna, parece que nem tem estima por mim, não quer saber da gente..." A mãe puniu por ele: — "Deixa de cisma, Béro. O menino está nervoso..." Mas o pai ainda ralhou mais, e, como no outro dia era de domingo, levou o bando dos irmãozinhos para pescaria no córrego; e Miguilim teve de ficar em casa, de castigo. Mas tio Terêz, de bom coração, ensinou-o a armar urupuca para pegar passarinhos. Pegavam muitos sanhaços, aqueles pássaros macios, azulados, que depois soltavam outra vez, porque sanhaço não é pássaro de gaiola. — "Que é que você está pensando, Miguilim?" — Tio Terêz perguntava. — "Pensando em pai..." — respondeu. Tio Terêz não perguntou mais, e Miguilim se entristeceu, porque tinha mentido: ele não estava pensando em nada, estava pensando só no que deviam de sentir os sanhaços, quando viam que já estavam presos, separados dos companheiros, tinha dó deles; e só no instante em que tio Terêz perguntou foi que aquela resposta lhe saiu da boca. Mas os sanhaços prosseguiam de cantar, voavam e pousavam no mamoeiro, sempre caíam presos na urupuca e tornavam a ser soltos, tudo continuava. Relembrável era o Bispo — rei para ser bom, tão rico nas cores daqueles trajes, até as meias dele eram vermelhas, com fivelas nos sapatos, e o anel, milagroso, que a gente não tinha tempo de ver, mas que de joelhos se beijava.

— Tio Terêz, o senhor acha que o Mutúm é lugar bonito ou feioso?

— Muito bonito, Miguilim; uai. Eu gosto de morar aqui...

Entretanto, Miguilim não era do Mutúm. Tinha nascido ainda mais longe, também em buraco de mato, lugar chamado Pau-Rôxo, na beira do Saririnhém. De lá, separadamente, se recordava de sumidas coisas, lembranças que ainda hoje o assustavam. Estava numa beira de cerca, dum quintal, de onde um menino-grande lhe fazia caretas. Naquele quintal estava um perú, que gruziava brabo e abria roda, se passeando, pufo-pufo — o perú era a coisa mais vistosa do mundo, importante de repente, como uma estória — e o meninão grande dizia: — "É meu!..." E: — "É meu..." — Miguilim repetia, só para agradar ao menino--grande. E aí o Menino Grande levantava com as duas mãos uma pedra, fazia uma careta pior: — "Aãã!..." Depois, era só uma confusão, ele carregado, a mãe chorando: — "Acabaram com o meu filho!..." — e Miguilim não podia enxergar, uma coisa quente e peguenta escorria-lhe da testa, tapando-lhe os olhos. Mas a lembrança se misturava com outra, de uma vez em que ele estava nú, dentro da bacia, e seu pai, sua mãe, Vovó Izidra e Vó Benvinda em volta; o pai mandava: — "Traz o trém..." Traziam o tatú, que guinchava, e com a faca matavam o tatú, para o sangue escorrer por cima do corpo dele para dentro da bacia. — "Foi de verdade, Mamãe?" — ele indagara, muito tempo depois; e a mãe confirmava: dizia que ele tinha estado muito fraco, saído de doença, e que o banho no sangue vivo do tatú fora para ele poder vingar. Do Pau-Rôxo conservava outras recordações, tão fugidas, tão afastadas, que até formavam sonho. Umas moças, cheirosas, limpas, os claros risos bonitos, pegavam nele, o levavam para a beira duma mesa, ajudavam-no a provar, de uma xícara grande, goles de um de-beber quente, que cheirava à claridade. Depois, na alegria num jardim, deixavam-no engatinhar no chão, meio àquele fresco das folhas, ele apreciava o cheiro da terra, das folhas, mas o mais lindo era o das frutinhas vermelhas escondidas por entre as folhas — cheiro pingado, respingado, risonho, cheiro de alegriazinha. As frutas que a gente comia. Mas a mãe explicava que aquilo não havia sido no Pau-Rôxo, e bem nas Pindaíbas-de--Baixo-e-de-Cima, a fazenda grande dos Barbóz, aonde tinham ido de passeio.

Da viagem, em que vieram para o Mutúm, muitos quadros cabiam certos na memória. A mãe, ele e os irmãozinhos, num carro-de-bois com toldo de couro e esteira de buriti, cheio de trouxas, sacos, tanta coisa — ali a gente brincava de esconder. Vez em quando, comiam, de sal, ou cocadas de buriti, dôce de leite, queijo descascado. Um dos irmãos, mal lembrava qual, tomava leite de cabra, por isso a cabrita branca vinha, caminhando, presa por um cambão à traseira do carro. Os cabritinhos viajavam dentro, junto com a gente, berravam pela mãe deles, toda a vida. A coitada da cabrita — então ela por fim não ficava cansada? — "A bem, está com os peitos cheios, de derramar…" — alguém falava. Mas, então, pobrezinhos de todos, queriam deixar o leite dela ir judiado derramando no caminho, nas pedras, nas poeiras? O pai estava a cavalo, ladeante. Tio Terêz devia de ter vindo também, mas disso Miguilim não se lembrava. Cruzaram com um rôr de bois, embrabecidos: a boiada! E passaram por muitos lugares.

— Que é que você trouxe para mim, do S'rucuiú? — a Chica perguntou.

— Trouxe este santinho…

Era uma figura de moça, recortada de um jornal.

— É bonito. Foi o Bispo que deu?

— Foi.

— E p'ra mim? E p'ra mim?! — reclamavam o Dito e Tomèzinho.

Mas Miguilim não tinha mais nada. Punha a mãozinha na algibeira: só encontrava um pedaço de barbante e as bolinhas de resina de almêcega, que unhara da casca da árvore, beira de um ribeirão.

— Estava tudo num embrulho, muitas coisas... Caíu dentro do corgo, a água afundou... Dentro do corgo tinha um jacaré, grande...

— Mentira. Você mente, você vai para o inferno! — dizia Drelina, a mais velha, que nada pedira e tinha ficado de parte.

— Não vou, eu já fui crismado. Vocês não estão crismados!

— Você foi crismado, então como é que você chama?

— Miguilim...

— Bôbo! Eu chamo Maria Andrelina Cessim Caz. Papai é Nhô Bernardo Caz! Maria Francisca Cessim Caz, Expedito José Cessim Caz, Tomé de Jesus Cessim Caz... Você é Miguilim Bôbo...

Mas Tomèzinho, que tinha só quatro anos, menino neno, pedia que ele contasse mais do jacaré grande de dentro do córrego. E o Dito cuspia para o lado de Drelina:

— Você é ruim, você está judiando com Miguilim!

A Chica, que correra para dentro de casa a mostrar o que tinha ganho, voltava agora, soluçada.

— Mamãe tomou meu santinho e rasgou... Disse que não era santo, só, que era pecado...

Drelina se empertigava para Miguilim:

— Não falei que você ia para o inferno?!

Drelina era bonita: tinha cabelos compridos, louros. O Dito e Tomèzinho eram ruivados. Só Miguilim e a Chica é que tinham cabelo preto, igual ao da mãe. O Dito se parecia muito com o pai, Miguilim era o retrato da mãe. Mas havia ainda um irmão, o mais velho de todos, Liovaldo, que não morava no Mutúm. Ninguém se lembrava mais de que ele fosse de que feições.

— "Mamãe está fazendo creme de buriti, a Rosa está limpando tripas de porco, pra se assar..." Tomèzinho, que tinha ido à cozinha espiar, agora vinha, olhos desconfiados, escondendo na mão alguma coisa. — "Que é isso que você furtou, Tomèzinho?!" Eram os restos do retalho de jornal. "— Tu joga fora! Não ouviu falar que é pecado?" "— E eu não vou ficar com ele... Vou guardar em algum lugar." Tomèzinho escondia tudo, fazia igual como os cachorros.

Tantos, os cachorros. Gigão — o maior, maior, todo preto: diziam o capaz que caçava até onça; gostava de brincar com os meninos, defendia-os de tudo. Os três veadeiros brancos: Seu--Nome, Zé-Rocha e Julinho-da-Túlia — José Rocha e Julinho da Túlia sendo nomes de pessôas, ainda do Pau-Rôxo, e de quem o pai de Miguilim tivera ódio; mas, com o tempo, o ódio se exalara, ninguém falava mais o antigo, os dois cachorros eram só Zerró e Julim. Os quatro paqueiros de trela, rajados com diferenças, três machos e uma fêmea, que nunca se separavam, pequenos e rebuldos: Caráter, Catita, Soprado e Floresto. E o perdigueiro Rio-Belo, que tresdoidado tinha morrido, de comer algum bicho venenoso.

Mas, para o sentir de Miguilim, mais primeiro havia a Pingo-de-Ouro, uma cachorra bondosa e pertencida de ninguém, mas que gostava mais era dele mesmo. Quando ele se escondia no fundo da horta, para brincar sozinho, ela aparecia, sem atrapalhar, sem latir, ficava perto, parece que compreendia. Estava toda sempre magra, doente da saúde, diziam que ia ficando cega. Mas teve cachorrinhos. Todos morreram, menos um, que era tão lindo. Brincava com a mãe, nunca se tinha visto a Pingo-de-Ouro tão alegre. O cachorrinho era com-cor com a Pingo: os dois em amarelo e nhalvo, chovidinhos. Ele se esticava, rapava, com as patinhas para diante, arrancando terra mole preta e jogando longe, para trás, no pé da roseira, que nem quisesse tirar de dentro do chão aquele cheiro bom de chuva, de fundo. Depois, virava cambalhotas, rolava de costas, sentava-se para se sacudir, seus dentinhos brilhavam para muitas distâncias. Mordia a cara da mãe, e Pingo-de-Ouro se empinava — o filho ficava pendurado no ar. Daí, corria, boquinha aberta, revinha, pulava na mãe, vinte vezes. Pingo-de-Ouro abocava um galho, ele corria, para tomar, latia bravinho, se ela o mordia forte. Alegrinho, e sem vexames, não tinha vergonha de nada, quase nunca fechava a boca, até ria. Logo então, passaram pelo Mutúm uns tropeiros, dias que demoraram, porque os burros quase todos deles estavam mancados. Quando tornaram a seguir, o pai de Miguilim deu para eles a cachorra, que puxaram amarrada numa corda, o cachorrinho foi choramingando dentro dum balaio. Iam para onde iam. Miguilim chorou de bruços, cumpriu tristeza, soluçou muitas vezes. Alguém disse que aconteciam casos, de cachorros dados, que levados para longes léguas, e que voltavam sempre em casa. Então ele tomou esperança: a Pingo-de-Ouro ia voltar. Esperou, esperou, sensato. Até de noite, pensava fosse ela, quando um cão repuxava latidos. Quem ia abrir a porta para ela entrar? Devia de estar cansada, com sede, com fome. — "Essa não sabe retornar, ela já estava quase cega..." Então, se ela já estava quase cega, por que o pai a tinha dado para estranhos? Não iam judiar da Pingo--de-Ouro? Miguilim era tão pequeno, com poucas semanas se consolava. Mas um dia contaram a ele a estória do Menino que achou no mato uma cuca, cuca cuja depois os outros tomaram dele e mataram. O Menino Triste cantava, chorando:

> *"Minha Cuca, cadê minha Cuca?*
> *Minha Cuca, cadê minha Cuca?!*
> *Ai, minha Cuca*
> *que o mato me deu!..."*

Ele nem sabia, ninguém sabia o que era uma cuca. Mas, então, foi que se lembrou mais de Pingo-de-Ouro: e chorou tanto, que de repente pôs na Pingo-de-Ouro esse nome também, de Cuca. E desde então dela nunca mais se esqueceu.

— Pai está brigando com Mãe. Está xingando ofensa, muito, muito. Estou com medo, ele queira dar em Mamãe...

Era o Dito, tirando-o por um braço. O Dito era menor mas sabia o sério, pensava ligeiro as coisas, Deus tinha dado a ele todo juízo. E gostava, muito, de Miguilim. Quando foi a estória da Cuca, o Dito um dia perguntou: — "Quem sabe é pecado a gente ter saudade de cachorro?..." O Dito queria que ele não chorasse mais por Pingo-de-Ouro, porque sempre que ele chorava o Dito também pegava vontade de chorar junto.

— Eu acho, Pai não quer que Mãe converse mais nunca com o tio Terêz... Mãe está soluçando em pranto, demais da conta.

Miguilim entendeu tudo tão depressa, que custou para entender. Arregalava um sofrimento. O Dito se assustou: — "Vamos na beira do rego, ver os patinhos nadando..." — acrescentava. Queria arrastar Miguilim.

— Não, não... Não pode bater em Mamãe, não pode...

Miguilim brotou em chôros. Chorava alto. De repente, rompeu para a casa. Dito não o conseguia segurar.

Diante do pai, que se irava feito um fero, Miguilim não pôde falar nada, tremia e soluçava; e correu para a mãe, que estava ajoelhada encostada na mêsa, as mãos tapando o rosto. Com ela se abraçou. Mas dali já o arrancava o pai, batendo nele, bramando. Miguilim nem gritava, só procurava proteger a cara e as orêlhas; o pai tirara o cinto e com ele golpeava-lhe as pernas, que ardiam, doíam como queimaduras quantas, Miguilim sapateando. Quando pôde respirar, estava posto sentado no tamborete, de castigo. E tremia, inteirinho o corpo. O pai pegara o chapéu e saíra.

A mãe, no quarto, chorava mais forte, ela adoecia assim nessas ocasiões, pedia todo consolo. Ninguém tinha querido defender Miguilim. Nem Vovó Izidra. E tanto, até o pai parecia ter medo de Vovó Izidra. Ela era riscada magra, e seca, não parava nunca de zangar com todos, por conta de tudo. Com o calor que fizesse, não tirava o fichú preto. — "Em vez de bater, o que deviam era de olhar para a saúde deste menino! Ele está cada dia mais magrinho…" Sempre que batiam em algum, Vovó Izidra vinha ralhar em favor daquele. Vovó Izidra pegava a almofada, ia fazer crivo, rezava e resmungava, no quarto dela, que era o pior, sempre escuro, lá tinha tanta coisa, que a gente não pensava; Vovó Izidra quase vez nenhuma abria a janela, ela enxergava no escuro.

Os irmãos já estavam acostumados com aquilo, nem esbarravam mais dos brinquedos para vir ver Miguilim sentado alto no tamborete, à paz. Só o Dito, de longe distante, pela porta, espiava leal. Mas o Dito não vinha, não queria que Miguilim penasse vergonha.

Aonde o pai teria ido? De ficar botado de castigo, Miguilim não se queixava. Deixavam-no, o ruim se acabara, as pernas iam terminando de doer, podia brincar de pensar, ali, no quieto, pegando nas verônicas que tinha passadas por um fio, no pescoço, e que de vez em quando devia de beijar, salgando a boca com o fim de suas lágrimas. O cachorro Gigão caminhava para a cozinha, devagaroso, cabeçudo, ele tinha sempre a cara fechada, era todo grosso. Ninguém não tocava o Gigão para fora de dentro de casa, porque o pai dizia: — "Ele salvou a vida de todos!" —; dormia no pé da porta do quarto, uma noite latiu acordando o mundo, uma cobra enorme tinha entrado, uma urutú, o pai matou. O dia estava bruto de quente, Miguilim com sede, mas não queria pedir água para beber. Sempre que a gente estava de castigo, e carecia de pedir qualquer coisa, mesmo água, os outros davam, mas, quem dava, ainda que fosse a mãe, achavam sempre de falar alguma palavra de ralho, que avexava a gente mais. Miguilim estava sujo de suor. Mais um pouco, reparou que na hora devia de ter começado a fazer pipi, na calça; mas agora nem estava com vontade forte de verter. A mãe suspirava soluçosa, era um chorinho sem verdade, aborrecido, se ele pudesse estava voltando para a horta, não ouvia aquilo sempre assim, via as formiguinhas entrando e saindo e trançando, os caramujinhos rodeando as folhas, no sol e na sombra, por onde rojavam sobrava aquele rastrío branco, que brilhava. Miguilim esfregava um pé no outro, estava comichando: outro bicho-de-pé; quando crescia e embugalhava, ficava olhoso, a mãe tirava, com alfinete. Vovó Izidra clamava: "— Já foram brincar perto do chiqueiro! Menino devia de andar de pé calçado…" Só tinha um par de sapatos, se crismara com ele; tinha também um par de alpercatinhas de couro-crú, o par de sapatos devia de ficar guardado. O Bispo era tão grande, nos rôxos, na hora de se beijar o anel dava um medo. Quem ficava mais vezes de castigo era ele, Miguilim; mas quem apanhava mais era a Chica. A Chica tinha malgênio — todos diziam. Ela aprontava birra, encapelava no chão, capeteava; mordia as pessoas, não tinha respeito nem do pai. Mas o pai não devia de dizer que um dia punha ele Miguilim de castigo pior, amarrado em árvore, na beirada do mato. Fizessem isso, ele morria da estrangulação do medo? Do mato de cima do morro, vinha onça. Como o pai podia imaginar judiação, querer amarrar um menino no escuro do mato? Só o pai de Joãozinho mais Maria, na estória, o pai e a mãe levaram eles dois, para desnortear no meio da mata, em distantes, porque não tinham de comer para dar a eles. Miguilim sofria tanta pena, por Joãozinho mais Maria, que voltava a vontade de chorar.

O Dito vinha, desfazendo de conta. Quando um estava de castigo, os outros não podiam falar com esse. Mas o Dito dizia tudo baixinho, e virado para outro lado, se alguém visse não podiam exemplar por isso, conversando com Miguilim até que ele não estava.

—Vai chover. O vaqueiro Jé está dizendo que já vai dechover chuva brava, porque o tesoureiro, no curral, está dando cada avanço, em cima das mariposas!... O vaqueiro Jé veio buscar creolina, para sarar o bezerro da Adivinha. Disse que o pai subiu da banda da grota da Guapira, ou que deu volta para ir no Nhangã — que pai estava muito jerizado. Disse que é por conta do calorão que vai vir chuva, que todos estão com o corpo azangado, no pé de poeira...

Miguilim não respondia. De castigo, não tinha ordem de dar resposta, só aos mais velhos. Sim sorria para o Dito, quando ele olhava — só o rabo-do-olho. O tesoureiro era um pássaro imponente de bonito, pedrês cor-de-cinza, bem as duas penas compridas da cauda, pássaro com mais rompante do que os outros. Gostava de estar vendo aquilo no curral.

O Dito vigiava que não tinha ninguém por ali, tretava coragem de chegar pertim, o Dito era levado de esperto. Dizia, no ouvido dele:

— Miguilim, eu acho que a gente não deve de perguntar nada ao tio Terêz, nem contar a ele que Pai ralhou com Mamãe, ouviu? Mãitina disse que tudo que há que acontece é feitiço... Miguilim, eu vou perguntar a Vovó Izidra se você já pode sair. Você está aí muito tempo...

O Dito era a pessoa melhor. Só que não devia de conversar naquelas coisas com Mãitina. Mãitina tomava cachaça, quando podia, falava bobagens. Era tão velha, nem sabia que idade. Diziam que ela era negra fugida, debaixo de cativeiro, que acharam caída na enxurrada, num tempo em que Mamãe nem não era nascida. A Chica vinha passando, com a boneca — nem era boneca, era uma mandioquinha enrolada nos trapos, dizia que era filhinha dela, punha até nome, abraçava, beijava, dava de mamar. A Chica, dessa vez, nem sei porque, não fez careta, até adivinhou que ele estivesse com sede — ele nem se lembrava mais que estava com sede — a Chica falava: — "Miguilim, você é meu irmão, você deve de estar com sede, eu vou buscar caneco d'água..." Um dia Pai tinha zangado com a Chica, puxou orêlha; depois Pai precisou de beber água, a Chica foi trazer. Ei que, no meio do corredor, a Chica de raiva cuspiu dentro, e mexeu com o dedinho, para Pai não saber que ela tinha cuspido. A Chica era tão engraçadinha, clara, mariolinha, muito menor do que Drelina, mas era a que sabia mais brinquedos, botava todos para rodar de roda, ela cantava tirando completas cantigas, dansava mocinha. O Dito não voltava.

Agora voltava, mas ouviam a voz do tio Terêz entrando, vorôço dos cachorros. Tio Terêz contava que tinham esbarrado o eito na roça, porque uma chuva toda vinha, ia ser temporal: — "Na araçariguama do mato de baixo, os tucanos estão reunidos lá, gritando conversado, cantoria de gente..." Tio Terêz trazia um coelho morto ensanguentado, de cabeça para baixo. A cachorrada pulava, embolatidos, tio Terêz bateu na boca do Caráter, que ganiu, saíam correndo embora aqueles todos quatro: Caráter, Catita, Soprado e Floresto. Seu-Nome ficava em pé quase, para lamber o sangue da cara do coelho. — "Ei, Miguilim, você hoje é que está alçado em assento, de pelourim?" — tio Terêz gracejava. Daí, para ver e mexer, iam com o coelho morto para a cozinha. Miguilim não queria. Também não aceitava a licença de sair, dada por tio Terêz; com vez disso pensava: será que, o tio Terêz, os outros ainda determinavam d'ele poder mandar palavra alguma em casa? Em desde que, então, a gente obedecer de largar o lugar de castigo não fosse pior.

Em todo dia, também, arrastavam os bichos matados, por caça. O coelhinho tinha toca na borda-da-mata, saía só no escurecer, queria comer, queria brincar, sessépe, serelé, coelhinho da silva, remexendo com a boquinha de muitos jeitos, esticava pinotes e sentava a bundinha no chão, cismado, as orêlhas dele estremeciam constantemente. Devia de ter o companheiro, marido ou mulher, ou irmão, que agora esperava lá na beira do mato, onde eles moravam, sòzim. "— Qu'é-de sua mãe, Miguilim?..." — tio Terêz querenciava. A mãe com certo estava fechada no quarto, estendida na cama, no escuro, como era, passado quando chorava. Mais que matavam eram os tatús, tanto tatú lá, por tudo. Tatú--de-morada era o que assistia num buraco exato, a gente podia abrir com ferramenta, então-se via: o caminho comprido debaixo do chão, todo formando voltas de ziguezague. Aí tinha outros buracos, deixados, não eram mais moradia de tatú, ou eram só de acaso, ou prontos de lado, para eles temperarem de escapulir. Tão gordotes, tão espertos — e estavam assim só para morrer, o povo ia acabar com todos? O tatú correndo sopressado dos cachorros, fazia aquele barulhinho com o casculho dele, as chapas arrepiadas, pobrezinho — quase um assovio. *Ecô!* — os cachorros mascaravam de um demônio. Tatú corria com o rabozinho levantado — abre que abria, cavouca o buraco e empruma suas escamas de uma só vez, entrando lá, tão depressa, tão depressa — e Miguilim ansiava para ver quando o tatú conseguia fugir a salvo.

Mas Vovó Izidra vinha saindo de seu quarto escuro, carregava a almofada de crivo na mão, caçando tio Terêz. — "Menino, você ainda está aí?!" —; ela queria que Miguilim fosse para longe, não ouvir o que ela ia dizer a tio Terêz. Miguilim parava perto da porta, escutava. O que ela estava dizendo: estava mandando tio Terêz ir embora. Mais falava, com uma curta brabeza diferente, palavras raspadas. Forcejava que tio Terêz fosse embora, por nunca mais, na mesma da hora. Falava que por umas coisas assim é que há questão de brigas e mortes, desmanchando com as famílias. Tio Terêz nem não respondia nada. Como é que ela podia mandar tio Terêz embora, quando vinha aquela chuvada forte, a gente já pressentia até o derradeiro ameaço dela entrando no cheiro do ar?! Tio Terêz só perguntou: — "Posso nem dar adeus à Nhanina?…" Não, não podia, não. Vovó Izidra se endurecia de magreza, aquelas verrugas pretas na cara, com os compridos fios de pelo desenroscados, ela destoava na voz, no pescoço espichava parecendo uma porção de cordas, um pavor avermelhado. Miguilim mesmo começava medo, trás do que ouvia, que nem pragas. Ah, tio Terêz devia de ir embora, de ligeiro, ligeiro, se não o Pai já devia estar voltando por causa da chuva, podia sair homem morto daquela casa, Vovó Izidra xingava tio Terêz de "Caim" que matou Abel, Miguilim tremia receando os desatinos das pessôas grandes, tio Terêz podia correr, sair escondido, pela porta da cozinha… Que fosse como se já tivesse ido há muito tempo… Levava um punhado de comida, pegava a carossa de palha-de-buriti, para se agasalhar de tanta chuva, mas devia de ir, tudo era aquele perigo enorme…

— Sai daí, Miguilim! Quê que está atrás de porta, escutando conversa de 's mais velhos?!

Era Drelina, segurando-o estouvada, por detrás, à traição, mas podia mais; Miguilim tinha de ir com ela para a cozinha.

A Rosa e Maria Pretinha estavam acabando de fazer o jantar, a Rosa não gostava de menino na cozinha. Mas Tomèzinho estava dormindo, no monte de sabucos. Mesmo de propósito, que o gato tinha achado igual de dormir lá, quase encostado em

Tomèzinho. — "Mamãe também vai jantar?..." — Miguilim perguntava à Rosa. — "E o Dito...?!" "— Menino, deixa de ser específua. Tu que vai ver agorinha é o pé-d'água, por aí, que evém, vem..." Miguilim se sentava no pilão emborcado. Gostava de se deitar nos sabucos também, que nem Tomèzinho, mas aí era que a Rosa então mandava ele embora. Maria Pretinha picava couve na gamela. Tinha os dentes engraçados tão brancos, de repente eles ocupavam assim muito lugar, branqueza que se perpassava. O gato Qùóquo. Por conta que, Tomèzinho, quando era mais pequenino, a gente ensinava para ele falar: g'a-to — mas a linguinha dele só dava capaz era para aquilo mesmo: *qùó!* O gato somente vivia na cozinha, na ruma de sabucos ou no borralho, outra hora andava no quintal e na horta. Lá os cachorros deixavam. Mas quando ele queria sair para o pátio, na frente da casa, aí a cachorrama se ajuntava, o esperto do gato repulava em qualquer parte, subia escarreirado no esteio, mas braviado também, gadanhava se arredobrando e repufando, a raiva dele punha um atraso nos cachorros. Por que não botavam nele nome vero de gato nas estórias: Papa-Rato, Sigurim, Romão, Alecrim-Rosmaninho ou Melhores-Agrados? Se chamasse *Rei-Belo*... Não podia? Também, por *Qùóquo*, mesmo, ninguém não chamava mais — gato não tinha nome, gato era o que quase ninguém prezava. Mas ele mesmo se dava respeito, com os olhos em cima do duro bigode, dono-senhor de si. Dormia o oco do tempo. Achava que o que vale vida é dormir adiante. Rei-Belo... Tomè-zinho acordava chorando, tinha sonhado com o esquecido.

— Ei, ela! Corre, gente, pôr tudo p'ra dentro... Olh'as portas, as janelas...

Estavam acabando de jantar, e todos corriam para o quintal, apanhar um resto de roupa dependurada. Tinha dado o vento, caíam uns pingos grossos, chuva quente. Os cachorros latiam, com as pessôas. O vento zunia, queria carregar a gente. Miguilim ajudava a recolher a roupa — não podiam esquecer nenhuma peçazinha ali fora… — ele tinha pena daquelas roupinhas pobres, as calças do Dito, vestidinho de Drelina… — "P'ra dentro, menino! Vento te leva…" — "Vem ver lá na frente, feio que chega vai derrubar o mato…" — era o Dito, chamando. Os coqueiros, para cima do curral, os coqueiros vergavam, se entortavam, as fieiras de coqueiros velhos, que dobravam. O vento vuvo: *viív… viív…* Assoviava nas folhas dos coqueiros. A Rosa passava, com um balde, que tinham deixado na beira do curral. Três homens no alpendre, enxadeiros, que tinham vindo receber alguma paga em toicinho, estavam querendo dizer que ia ser como nunca ninguém não tinha avistado; estavam sem saber como voltar para suas casinhas deles, dizendo como ia se passar tudo por lá; aqueles estavam meio-tristes, fingiam que estavam meio-alegres. De repente, deu estrondo. Que o vento quebrou galho do jenipapeiro do curral, e jogou perto de casa. Todo o mundo levou susto. Quando foi o trovão! Trovejou enorme, uma porção de vezes, a gente tapava os ouvidos, fechava os olhos. Aí o Dito se abraçou com Miguilim. O Dito não tremia, malmente estava mais sério. — "Por causa de Mamãe, Papai e tio Terêz, Papai-do-Céu está com raiva de nós de surpresa…" — ele foi falou.

— Miguilim, você tem medo de morrer?

— Demais… Dito, eu tenho um medo, mas só se fosse sozinho. Queria a gente todos morrêsse juntos…

— Eu tenho. Não queria ir para o Céu menino pequeno.

Faziam uma pausa, só do tamanho dum respirar.

— Dito, você combina comigo para o gato se chamar Reibél?

— Mas não pode. Nome dele é Sossonho.

— Também é. Uai… Quem é que falou?

— Acho que foi Mãitina, o vaqueiro Jé. Não me importo.

Campo Geral

Daí deu trovão maior, que assustava. O trovão da Serra do Mutúm-Mutúm, o pior do mundo todo, — que fosse como podia estatelar os paus da casa.

Corda-de-vento entrava pelas gretas das janelas, empurrava água. Molhava o chão. Miguilim e Dito a curto tinham olho no teto, onde o barulho remoía. A casa era muito envelhecida, uma vêz o chuvão tinha desabado no meio do corredor, com um tapume do telhado. Trovoeira. Que os trovões a mau retumbavam. — "Tá nas tosses..." — um daqueles enxadeiros falou. Pobre dos passarinhos do campo, desassisados. O gaturamo, tão podido miúdo, azulzinho no sol, tirintintim, com brilhamentos, mel de melhor — maquinazinha de ser de bem-cantar... — "O gaturaminho das frutas, ele merece castigo, Dito?" "— Dito, que Pai disse: o ano em que chove sucedido é ano formoso... —?" — "Mas não fala essas coisas, Miguilim, nestas horas."

— "P'ra rezar, todos!" — Drelina chamava. Chica e Tomèzinho estavam escondidos, debaixo de cama. Agora não faltava nenhum, acerto de reunidos, de joelhos, diante do oratório. Até a mãe. Vovó Izidra acendia a vela benta, queimava ramos bentos, agora ali dentro era mais forte. Santa Bárbara e São Jerônimo salvavam de qualquer perigo de desordem, o *Magníficat* era que se rezava! Miguilim soprava um cisco da roupa de Rosa. Era carrapicho? Os vaqueiros, quando voltavam de vaquejar boiadas por ruins matos, rente que esses tinham espinhos e carrapichos até nos ombros do gibão. O Dito sabia ajoelhar melhor? De dentro, para enfeitar os santos do oratório, tinha um colarzinho de ovos de nhambú e pássaro-preto, enfiados com linha, era entremeado, doutro e dum — um de nhambú, um de pássaro-preto, depois outro de nhambú, outro de pássaro-preto...; o de pássaro-preto era azul-claro se descorando para verde, o de nhambú era uma cor-de-chocolate clareado... Se o povo todo se ajuntasse, rezando com essa força, desse medo, então a tempestade num átimo não esbarrava? Miguilim soprava seus dedos, doce estava, num azado de consolo, grande, grande.

Ele tinha fé. Ele mesmo sabia? Só que o movido do mais--e-mais desce tudo, e desluz e desdesenha, nas memórias; é feito lá em fundo de água dum pôço de cisterna. Uma vez ele tinha puxado o paletó de Deus.

Esse dia — foi em hora de almoço —: ele Miguilim ia morrer! — de repente estava engasgado com ôssinho de galinha na goela, foi tudo tão: ...*malamém... morte...* — nem deu tempo para ideia nenhuma, era só um errado total, morrer e tudo, ai! —; e mais de repente ele já estava em pé em cima do banco, como se levantou, não pediu ajuda a Pai e Mãe, só num relance ainda tinha rodado o prato na mêsa — por *simpatia* em que alguma vez tinha ouvido falar — e, em pé, no banco, sem saber de seus olhos para ver — só o acima! — se benzia, bramado: — *Em nome do Padre, do Filho e do Espírito Santo!...* — (ele mesmo estava escutando a voz, aquela voz — ele se despedindo de si — aquela voz, demais: todo choro na voz, a força; e uma coragem de fim, varando tudo, feito relâmpagos...) Des-de-repente — ele parecia que tinha alto voado, tinha voado por uma altura enorme? — era o pai batendo em suas costas, a mãe dando água para beber, e ele se abraçava com eles todos, chorando livre, do ôssinho na goela estava todo salvo. — "Que fé!" — Vovó Izidra colava nele o peixe daqueles olhos bravos dela, que a gente não gostava de encarar — "Que fé, que este menino tem!..." — Vovó Izidra se ajoelhava. Depois desse dia, Miguilim não queria comer nunca mais asa de galinha, pedia que não facilitassem de nenhum dos irmãozinhos comer, não deixassem. Mas até o Dito comia, calado, escondido. Tomèzinho e Chica comiam de propósito, só para contestar Miguilim, pegavam os ôssinhos na mão, a ele mostravam: — "Miguilim bôbo!... Miguilim dôido..." — debicavam.

Vovó Izidra quizilava com Mãitina:

— Traste de negra pagã, encostada na cozinha, mascando fumo e rogando para os demônios dela, africanos! Vem ajoelhar gente, Mãitina!

Mãitina não se importava, com nenhuns, vinha, ajoelhava igual aos outros, rezava. Não se entendia bem a reza que ela produzia, tudo resmungo; mesmo para falar, direito, direito não se compreendia. A Rosa dizendo que Mãitina rezava porqueado: *"Véva Maria zela de graça, pega ne Zesú põe no saco de mombassa..."* Mãitina era preta de um preto estúrdio, encalcado, trasmanchada de mais grosso preto, um preto de boi. Quando estava pingada de muita cachaça, soflagrava umas palavras que a gente não tinha licença de ouvir, a Rosa dizia que eram nomes de menino não saber, coisas pra mais tarde. E daí Mãitina caía no chão, deixava a saia descomposta de qualquer jeito, as pernas pretas aparecendo. Ou à vez gritava: — *"Cena, Corinta!..."* — batendo palmas-de-mão. Isso a mãe explicava: uma vez, fazia muitos, muitos anos, noutro lugar onde moraram, ela tinha ido no teatro, no teatro tinha uma moça que aparecia por dansar, Mãitina na vida dela toda nunca tinha visto nada tão reluzente de bonito, como aquela moça dansando, que se chamava Corina, por isso aprovava como o povo no teatro, quando estava chumbada. — "Que é que é teatro, Mãe?" — Miguilim perguntara. — "Teatro é assim como no circo-de-cavalinhos, quase..." Mas Miguilim não sabia o que o circo era.

— Dito, você vai imaginar como é que é o circo?

— É uma moça galopando em pé em riba do cavalo, e homens revestidos, com farinha branca na cara... tio Teréz disse. É numa casa grande de pano.

— Dito, e Pai? E tio Terêz? Chuva está chovendo tanto…

— "Vigia esses meninos, cochichando, cruz!, aí em vez de rezar…" — Vovó Izidra ralhava. E reprovava Mãitina, discutindo que Mãitina estava grolando feias palavras despautadas, mandava Mãitina voltar para a cozinha, lugar de feiticeiro era debaixo dos olhos do fôgo, em remexendo no borralho! Mãitina ia lá, para esperar de cócoras, tudo o que os outros mandavam ela obedecia, quando não estava com raiva. Se estivesse com raiva, ninguém não tinha coragem de mandar. Vovó Izidra tirava o terço, todos tinham de acompanhar. E ela ensinava alto que o demônio estava despassando nossa casa, rodeando, os homens já sabiam o sangue um do outro, a gente carecia de rezar sem esbarrar. Mãe ponteava, com muita cordura, que Vovó Izidra devia de não exaltar coisas assim, perto dos meninos. — "Os meninos necessitam de saber, valença de rezar junto. Inocência deles é que pode livrar a gente de brabos castigos, o pecado já firmou aqui no meio, braseado, você mesma é quem sabe, minha filha!…" Mãe abaixava a cabeça, ela era tão bonita, nada não respondia. Parecia que Vovó Izidra tinha ódio de Mãe? Vovó Izidra não era mãe dela, mas só irmã da mãe dela. Mãe de Mãe tinha sido Vó Benvinda. Vó Benvinda, antes de morrer, toda a vida ela rezava, dia e noite, caprichava muito com Deus, só queria era rezar e comer, e ralhava mole com os meninos. Um vaqueiro contou ao Dito, de segredo, Vó Benvinda quando moça tinha sido mulher-atôa. Mulher-atôa é que os homens vão em casa dela e ela quando morre vai para o inferno. O que Vovó Izidra estava falando — …"Só pôr sua casa porta a fora"… — A nossa casa? E que o demônio diligenciava de entrar em mulher, virava cadela de satanaz… Vovó Izidra não tinha de gostar de Mãe? Então, por que era que judiava, judiava? Miguilim gostava pudesse abraçar e beijar a Mãezinha, muito, demais muito, aquela hora mesma. Ah, mas Vovó Izidra era velha, Mãe era moça, Vovó Izidra tinha de morrer mais primeiro. Ali no oratório, embrulhados e recosidos num saquinho de pano, eles guardavam os umbiguinhos secos de todos os meninos, os dos irmãozinhos, das irmãs, o de Miguilim também — rato nenhum não pudesse roer, caso roendo o menino então crescia para ser só ladrão. Agora, ele ia gostar sempre de Mãe, tenção de ser menino comportado, obediente, conforme o de Deus, essas orações todas. Bom era ser filho do Bispo, e o mundo solto para os passarinhos... Os joelhos de Miguilim descansavam e cansavam, doía era o corpo, um poucadinho só, quase não doía. Mas Tomèzinho brincava de estralar as juntas dos dedos; depois, de puxar o nariz para diante. A Chica rezava alto, era a voz mais bonita de todas. Drelina parecia uma santa. Todos diziam que ela parecia uma santa. E os cachorros lá fora, desertados com tanta chuva? De certo iam para a coberta do carro. — "Sem os cachorros, como é que a gente ia poder viver aqui?" — o pai sempre falava. Eles tomavam conta das criações. Se não, vinham de noite as raposas, gambá, a irarinha muito raivosa, até onça de se tremer, até lobos, lobo guará dos Gerais, que vinham, de manhã deixavam fios de pelo e catinga deles que os cachorros reconheciam nos esteios da cerca, nas porteiras, uns deles até mijavam sangue. E o teiú, brabeado, espancando com o rabo — rabo como tesoura tonsando. Lobo uivava feio, mais horroroso mais triste do que cachorro. E jiboia! Jiboia vinha mesmo de dia, pegava galinha no galinheiro. Os cachorros tinham medo dela? Jiboia, cobra, mais medonha de se pensar, uma sojigou o cachorrinho Floresto, mordeu uma orêlha dele por se firmar, queria se enrolar nele todo, mor de sufocar sem partir os ossos, já tinha conseguido de se enlaçar duas dessas voltas; Pai acudiu, tiro não podia ter cautela de dar, lapeava só com o facão, disse que ela endurecia o corpo de propósito, para resistir no gume do facão, o facão bambeava. Contavam que no Terentém, em antigos anos, uma jiboia velha entrou numa casa, já estava engulindo por metade um meninozinho pequeno, na rede, no meio daquela baba...

Miguilim e Dito dormiam no mesmo catre, perto da caminha de Tomèzinho. Drelina e Chica dormiam no quarto de Pai e Mãe.

— "Dito, eu fiz promessa, para Pai e Tio Terêz voltarem quando passar a chuva, e não brigarem, nunca mais..." "— Pai volta. Tio Terêz volta não." "— Como é que você sabe, Dito?" "— Sei não. Eu sei. Miguilim, você gosta de tio Terêz, mas eu não gosto. É pecado?" "— É, mas eu não sei. Eu também não gosto de Vovó Izidra. Dela, faz tempo que eu não gosto. Você acha que a gente devia de fazer promessa aos santos, para ficar gostando dos parentes?" "— Quando a gente crescer, a gente gosta de todos." "— Mas, Dito, quando eu crescer, vai ter algum menino pequeno, assim como eu, que não vai gostar de mim, e eu não vou poder saber?" "— Eu gosto de Mãitina! Ela vai para o inferno?" "— Vai, Dito. Ela é feiticeira pagã... Dito, se de repente um dia todos ficassem com raiva de nós — Pai, Mãe, Vovó Izidra — eles podiam mandar a gente embora, no escuro, debaixo da chuva, a gente pequenos, sem saber onde ir?" "— Dorme, Miguilim. Se você ficar imaginando assim, você sonha de pesadêlo..." "— Dito, vamos ficar nós dois, sempre um junto com o outro, mesmo quando a gente crescer, toda a vida?" "— Pois vamos." "— Dito, amanhã eu te ensino a armar urupuca, eu já sei..."

Dito começava a dormir de repente, era a mesma coisa que Tomèzinho. Miguilim não gostava de pôr os olhos no escuro. Não queria deitar de costas, porque vem uma mulher assombrada, senta na barriga da gente. Se os pés restassem para fora da coberta, vinha mão de alma, friosa, pegava o pé. O travesseirinho cheirava bom, cheio de macela-do-campo. Amanhã, ia aparar água de chuva, tinha outro gosto. Repartia com o Dito. O barulho da chuva agora era até bonito, livre do moame do vento. Tio Terêz não tinha se despedido dele. Onde estava agora o Tio Terêz? Um dia, tempos, Tio Terêz o levara à beira da mata, ia tirar taquaras. A gente fazia um feixe e carregava. "— Miguilim, este feixinho está muito pesado para você?" "— Tio Terêz, está não. Se a gente puder ir devagarinho como precisa, e ninguém não gritar com a gente para ir depressa demais, então eu acho que nunca que é pesado..." "— Miguilim, você é meu amigo." "— Amigo grande, feito gente grande, Tio Terêz?" "— É sim, Miguilim. Nós somos amigos. Você tem mais juízo do que eu..." Agora parecia que naquela ocasião era que o Tio Terêz estava se despedindo dele. Tio Terêz não parecia com Caim, jeito nenhum. Tio Terêz parecia com Abel... A chuva de certo vinha de toda parte, de em desde por lá, de todos os lugares que tinha. Os lugares eram o Pau-Rôxo, a fazenda grande dos Barboz, Paracatú, o lugar que não sabia para onde tinham levado a Cuca Pinguinho-de-Ouro, o Quartel-Geral-do-Abaeté, terra da mãe dele, o Buritis-do-Urucúia, terra do pai, e outros lugares mais que tinha: o Sucurijú, as fazendas e veredas por onde tinham passado... E aí Miguilim se encolhia, sufocado debaixo de seu coração; uma pessôa, uma alma, estava ali à beira da cama, sem mexer rumor, aparecida de repente, para ele se debruçava. Miguilim se estarrecia de olhos fechados, guardado de respirar, um tempo que nem não tinha fim. Era Vovó Izidra. Quando via que pensava que ele estava bem dormindo, ela beijava a testa dele, dizia bem baixinho: — "Meu filhinho, meu filho, Deus hoje te abençôou..."

Chovera pela noite a fora, o vento arrancou telhas da casa. Ainda chovia, nem se podia pôr para secar o colchão de

Tomèzinho, que tinha urinado na cama. Na hora do angú dos cachorros, Pai tinha voltado. Ele almoçou com a gente, não estava zangado, não dizia. Só que, quando Pai, Mãe e Vovó Izidra estavam desaliviados assim como hoje, não conversavam assuntos de gente grande, uns com os outros, mas cada um por sua vez falava era com os meninos, alegando algum malfeito deles. Pai dizia que Miguilim já estava no ponto de aprender a ler, de ajudar em qualquer serviço fosse. Mas que ali no Mutúm não tinha quem ensinasse pautas, bôa sorte tinha competido era para o Liovaldo, se criando em casa do tio Osmundo Cessim, um irmão de Mãe, na Vila-Risonha-de-São-Romão. Miguilim dobrecia, assumido com aquelas conversas, logo que podia ia se esconder na tulha, onde as goteiras sempre pingavam. Ao quando dava qualquer estiada, saía um solzinho arrependido, então vinham aparecendo abêlhas e marimbondos, de muitas qualidades e cores, pousavam quietinhos, chupando no caixão de açúcar, muito tempo, o açúcar melméla, pareciam que estavam morridos.

Dito não fazia companhia, falava que carecia de ir ouvir as conversas todas das pessôas grandes. Miguilim não tinha vontade de crescer, de ser pessôa grande, a conversa das pessôas grandes era sempre as mesmas coisas secas, com aquela necessidade de ser brutas, coisas assustadas. O gato Sossõe, certa hora, entrava. Ele vinha sutil para o paiol, para a tulha, censeando os ratos, entrava com o jeito de que já estivesse se despedindo, sem bulir com o ar. Mas, daí, rodeando como quem não quer, o gato Sossõe principiava a se esfregar em Miguilim, depois deitava perto, se prazia de ser, com aquela ronqueirinha que era a alegria dele, e olhava, olhava, engrossava o ronco, os olhos de um verde tão menos vazio — era uma luz dentro de outra, dentro doutra, dentro outra, até não ter fim.

A gente podia ficar tempo, era bom, junto com o gato Sossõe. Ele só fugiu quando escutou barulho de vir chegando na tulha aquele menino dentuço, o Majéla, filho de seo Deográcias, mas que todos chamavam de o Patorí.

Seo Deográcias falava tão engraçado: — "O senhor, seo Nhô Berno, podia ter a cortesia de me agenciar para mim um dinheirozinhozinhozinho, pouco, por ajuda?" "— Quem dera eu tanto tivesse como o senhor, seo Deográcias!" — o Pai respondia. "— Ara, qual, qual, seo Nhô Berno Cássio, eu estou pobre como aguinha em fundo de canôa... Achasse um empréstimo, comprava adquirido um bom cavalo de sela... Podia até vir mais amiúde, por uma prosa, servo do senhor, sem grave pecado de incomodar..." "— Pois, aqui, seo Deográcias, o senhor é sempre bem aparecido..."

Contavam que esse seo Deográcias estava excomungado, porque um dia ele tinha ficado agachado dentro de igreja. Mas seo Deográcias entendia de remédios, quando alguém estava doente ele vinha ver. Era viúvo. Morava dali a diversas léguas, na Vereda-do-Côcho. Agora tinha viajado de vir para pedir uma pouca de sal e de café, por emprestados, e um pedaço de carne-de-vento — quando matassem boi, lá, pagava de volta. O Patorí, ele trouxe junto. "— Vem, Miguilim, ajudar a tacar pedra: os meninos acharam um sapo enorme!" — o Patorí gritando já vinha.

Miguilim não queria ir, não gostava de sapos. Não era como a Chica, que puxava a rã verde por uma perna, amarrava num fio de embira, prendia-a no pau da cerca. Por paz, não estava querendo também brincar junto com o Patorí, esse era um menino maldoso, diabrava. "— Ele tem olho ruim", — a Rosa dizia — "quando a gente está comendo, e ele espia, a gente pega dôr-de-cabeça..."

— "Então, vem cá, Miguilim. Olha aqui..." — o Patorí mostrava bala dôce, embrulhada em papelim, tirava da algibeira. Miguilim aceitava. Mas era uma pedra, de dentro do papel. O Patorí ria dele, da logradela: — "Enganei meu burrinho, com uma pedrinha de sal!..." Aqueles dentes dentuços! "— A bala eu chupei, estava azedinha gostosa..." — ainda dizia, depois, mais malino. "— Mas, agora, Miguilim, vou te ensinar uma coisa, você vai gostar. Sabe como é que menino nasce?" Miguilim avermelhava. Tinha nôjo daquelas conversas do Patorí, coisas porcas, desgovernadas. O Patorí escaramuçava o Dito e Tomèzinho: — "Foge daí! Não quero brincar com menino-pequeno!" — proseava. E tornava a falar. Inventava que ia casar com Drelina, quando crescesse, que com ela ia se deitar em cama. Ensinava que, em antes de se chupar a bala dôce, a gente devia de passar ela no tamborete onde moça bonita tivesse sentado, meio de arte. Contava como era feita a mãe de Miguilim, que tinha pernas formosas... "— Isso tu não fala, Patorí!" — Miguilim dava passo. "— A já! E eu brigo com menino menorzinho do que eu?! Tu bobêia?" O Patorí debochava. Saía para o pátio. Daí, quando Miguilim estava descuidado, o Patorí pegava um punhado de lama, jogava nele, sujando. Miguilim sabia que não adiantava acusar: — "Não foi por querer..." — o Patorí sempre explicava aos mais velhos — "Eu até gosto tanto de Miguilim..." Mas o Dito chegava, tendo visto, o Dito era muito esperto: — "Sabe, Patorí, o vaqueiro Salúz está caçando você, pra bater, disse que você furtou dele uma argola de laço!" Aí o Patorí pegava medo, corria para dentro de casa, não saía mais de perto do pai.

— Miguilim, você sabe o que o vaqueiro Salúz disse? Tio Terêz foi morar no Tabuleiro Branco. O vaqueiro Salúz vai levar lá o cavalo dele e o resto das coisas que ainda ficaram. Tio Terêz decerto que quer trabalhar p'r'a Sa Cefisa, no Tabuleiro Branco...

— Por que, Dito? P'ra sempre?

— Acho que ele tomou medo de Pai, não quer ser mais parente de nossa casa. O Tabuleiro Branco é longe, mais de dez léguas daqui, p'r' a outra banda de lá. Vaqueiro Salúz disse que até assim é bom, tio Terêz acaba se casando com a Sa Cefisa, que ela é mulher enviuvada...

— Miguiliiim!...

A Chica gritava dessa forma, feito ela fosse dona dele.

— ... Miguilim, vem depressa, Mamãe, Papai tá te chamando! Seo Deográcias vai te olhar...

Seo Deográcias ria com os dentes desarranjados de fechados, parecia careta cã, e sujo amarelal brotava por toda a cara dele, um espim de uma barba. "— A-há, seu Miguilim, hum... Chega aqui." Tirava a camisinha. "— Ahã... Ahã... Está se vendo, o estado deste menino não é p'ra nada-não-senhor, a gente pode se guiar quantas costelinhas Deus deu a ele... Rumo que meu, eu digo: cautelas! Ignorância de curandeiro é que mata, seo Nhô Berno. Um que desvê, descuidou, há-de-o! — entrou nele a febre. E, é o que digo: p'ra passar a héctico é só facilitar de beirinha, o caso aí maleja... Muito menino se desacude é assim. Mas, tem susto não: com as ervas que sei, vai ser em pé um pau, garantia que dou, boto bom!..."

— "Meu filhinho, Miguilim..." — a mãe desnorteava, puxando-o para si. — "De remédio é que ele carece, momo não cura ninguém!" — o pai desdenhava grosso.

— "Isto mesmo, seo Nhô Berno, bem deduzido!" — seo Deográcias pronunciava. Bebia café. — "Remédio: e — o senhor agradeça, eu esteja vindo viver aqui nestas más brenhas, donde só se vê falta tudo, muita míngua, ninguém não olha p'ra este sertão dos pobres..."

Seo Deográcias ficava brabo: agora estava falando da falta de providências para se pegar criminosos tão brutos, feito esse Brasilino Boca-de-Bagre, que cercava as pessôas nas estradas, roubava de tudo, até tinha aparecido na Vereda do Terentém, fazedor de medo, deram em mão o que ele quis, conduziu a mulher do Zé Ijim, emprestada por três dias, devolveu só dali a quase mês! Seo Deográcias cuspia longe, em tris, asseava a boca com as costas da mão, e rexingava: "— Assim mais do que assim, as coisas não podem demasiar. Por causa de umas e dessas, eu vou no papel! — vou na tinta!" Dizia que estava escrevendo carta para o Presidente, já tinha escrito outra vez, por conta de tropeiros do Urucúia-a-fora não terem auxiliado de abrir a tutameia de um saquinho de sal, nem de vender para os dali, quando sal nenhum para se pôr em comida da gente não se achava. Ao já estava com a carta quase pronta, só faltando era ter um positivo que a fosse levar na barra, na Vila Risonha.

— "Bem, eu agora vou-me-vou, estou de passar na cafúa do Frieza, pastos abaixo. Viajar é penoso! Olha, o corguinho já está alargado, com suas águas amarelas..." — Seo Deográcias só gostava de ir visitar os outros era no intervalinho de chuvas, aí ele sabia certo que achava todos em casas. Ele tinha também ofício de cobrar dinheiro, de uns para os outros. Levantou, foi na janela, espiar o céu do tempo. — "Eh, água vai tornar a revirar água? No melhor, estia: vigiem o olho-de-boi!" Todos discorriam para ir ver, até Vovó Izidra concordava de apreciar o olho-de-boi, que era só um reduzidinho retalho de arco-da-velha, leviano airoso. Miguilim, não, hoje não podia. Esperava abraçado no colo da mãe, enquanto que ela quisesse assim. "— Que é que você está soletrando, Miguilim?" Nada, não, estava falando nada. Estava rezando, endereçado baixinho, para Deus dificultar d'ele morrer.

Mas Pai tinha tirado por tino, conversava: — "Seo Deográcias, o senhor que sabe escola, podia querer ensinar o Miguilim e o Dito algum começo, assim vez por vez, domingo ou outro, para eles não seguirem atraso de ignorância?"

Mal de Miguilim, que de todo temor se ameaçava. O arújo daquilo. Então, o que seo Deográcias ensinasse — ele e o Dito iam crescer ficando parecidos com seo Deográcias?... Cruzou os olhos com o Dito. O Dito, que era o irmãozinho corajosozinho destemido, ele ia arrenegar? Daí, não, o Dito deixava, estava adiando de falar alto. Mas ele, Miguilim, ia mesmo morrer de uma doença, então ele agora não somava com ralho nenhum:

— Quero tudo não, meu Pai. Mãe sabe, ela me ensina...

Ah o pai não ralhava — ele tinha demudado, de repente, soável risonho; mesmo tudo ali no instante, às asas: o ar, essas pessôas, as coisas — leve, leve, tudo demudava simples, sem desordem: o pai gostava de mamãe. Com o ser, com os olhos como que ele olhava, tanto querendo-bem; e o pai estava remoçado. Mãe, tão bonita, só para se gostar dela, todo o mundo. Então Miguilim era Miguilim, acertava no sentir, e em redor amoleciam muitas alegrias. O pai gostava de mamãe, muito, demais. Até, para agradar mamãe, ele afagava de alisar o cabelo de Miguilim, em quando falava gracejado: — "A Nhanina sabe as letras, mas ela não tem nenhuma paciência... Eh, Nhanina não decora os números, de conta de se fazer..." Se seo Deográcias então queria ser mestre?

Mas seo Deográcias coçava a cara pela barba, ajuizava sério. "— Bom, seo Nhô Berno, o que o senhor está é adivinhando uma tenção que já está residida aqui nesta minha cabeça há muito, mas mesmo muito tempo... Mas o que não pode é ser assim de horas pra hora. Careço de mandar vir papéis, cartilha, régua, os aviamentos... Ter um lugarim, reunir certa quantidade de meninos de por aqui por em volta, tão precisados, assim é que vale. O bom real é o legal de todos… Por o benefício de muitos." Todo tão feio, seo Deográcias, aquele tempo se tinha medo ele envelhecesse em dôido.

E era bom quando seo Deográcias e o Patorí iam embora. — "Mais antes um que mal procede, mas que ensina pelo direito a regra dos usos!" — Vovó Izidra dava valor a seo Deográcias. "— Seja bom-homem, só que truqueado com tantos remiolamentos…" — o pai inventava de dizer. Miguilim pensava que ele tinha vindo pedir esmola; mas o Dito sabia, de escutação: — "Ih, não, Miguilim. Mais veio buscar o dinheiro, para um homem da cidade. Mas Pai falou que ainda não estava em ponto de poder pagar…" Então o Dito estava mentindo! Mas Vovó Izidra tinha ojeriza de seo Aristeu, que morava na Veredinha do Tipã, ele também assisava de aconselhar remédios, e que para ver o Miguilim a mãe queria que chamassem. — "Aquele mal entende do que é, catrumano labutante como nós…" — dizia o pai. Dizia que seo Aristeu servia só para adjutorar, em idas de caçadas, ele dispunha notícia do regulamento dos bichos, por onde passavam acostumados — carreiro de anta, sumetume de paca, trauta de veado — marcava lugar para se pôr espera. Outras vezes também dava rumo aos vaqueiros do movimento do gado fugido, e condizia de benzer bicheira dos bois, recitava para sujeitar pestes. Seu Aristeu criava em roda de casa a abelha-do-reino e aquelas abelhinhas bravas do mato, ele era a única pessôa capaz dessa inteligência. — "Ele é um homem bonito e alto…" — dizia Mãe. — "Ele toca uma viola…" "— Mas do demo que a ele ensina, o curvo, de formar profecia das coisas…" — Vovó Izidra reprovava.

Mas então Miguilim estava mesmo de saúde muito mal, quem sabe ia morrer, com aquela tristeza tão pesada, depois da chuva as folhas de árvores desbaixavam pesadas. Ele nem queria comer, nem passear, queria abrir os olhos escondido. Que bom, para os outros — Tomèzinho, o Dito, a Chica, Drelina, Maria Pretinha — nenhum não estava doente. Só ele, Miguilim, só. Antes tinha ido com o Tio Terêz, de viagem grande, crismado no Sucurijú, tanta coisa podendo ver, agora não sabia mais. Sempre cismava medo assim de adoecer, mesmo era verdade. Todo o mundo conhecia que ele estava muito doente, de certo conversavam. Tivesse outras qualidades de remédios — que fossem muito feios, amargosos, ruins, remédio que doêsse, a gente padecia no tomar! — então ele tomava, tantas vezes, não se importando, esperança que sarava. Ele mesmo queria melhor ir para a casa de seo Deográcias, daquele menino Majéla, tão arlequim, o Patorí — mas seo Deográcias tinha esses poderes, lá ele tomava remédio, toda hora, podiam judiar, não fazia mal que judiassem, cada dia ele melhorava mais um pouco, quando acabasse bom voltava para casa. Mas seo Deográcias tinha mandado só aqueles, que a gente não pressentia com respeito, que eram só jatobá e óleo de capivara. Assim mesmo, tomava, a certas. Só ele. Agora pensava uma raiva dos irmãos, dos parentes — não era raiva bem, era um desconhecer deles, um desgosto. Não calava raiva do Dito, nem do Tomèzinho, nem da Chica e de Drelina, quando vinham perto, quando estava vendo, estimava sempre uns e outros. Mas, quando ficava imaginando sozinho assim, aquele dissabor deles todos ele pensava. Ah, então, quem devia de adoecer, e morrer, em vez, por que é que não era, não ele, Miguilim, nem nenhum dos irmãozinhos, mas aquele mano Liovaldo, que estava distante dali, nem se sabia dele quase notícia, nem nele não se pensava?

Choveu muitos dias juntos. Chuva, chuvisco, faísca — *raio* não se podia falar, porque chamava para riba da gente a má coisa. Assim que trovoava mais cão, Miguilim já andava esperando para vir perto de Vovó Izidra: — "Vovó Izidra, agora a gente vai rezar, muito?" Ah, porque Vovó Izidra, que era dura e braba desconforme, então ela devia de ter competência enorme para o lucro de rezarem reunidos — para o favor dele, Miguilim, para o que ele carecia. Nem não estava com receio do trovão de chuva, a reza era só para ele conseguir de não morrer, e sarar. Mas fingia, por versúcia — não queria conversar a verdade com as pessôas. Falasse, os outros podiam responder que era mesmo; falasse, os outros então aí era que acreditavam a mortezinha dele certa, acostumada. — "Vovó Izidra, agora a gente vai rezar de oratório, de acender velas?!" — ele mais quase suplicava. — "Não, menino..." — que não, Vovó Izidra respondia — "Me deixe!" — respondia que aquela chuva não regulava de se acender vela, não estava em quantidades. Ser menino, a gente não valia para querer mandar coisa nenhuma. Mas, então, ele mesmo, Miguilim, era quem tinha de encalcar de rezar, sozinho por si, sem os outros, sem demão de ajuda. Ele ia. Carecia. Suprido de sua fé — que se dizia —: para auxiliar Nosso Senhor a poder obrar milagre. Miguilim queria. Mas, como é que, se ele sendo assim pequeno, agora quem é que sabia se o baguinho-de-fé nele ainda era que estava, não gastada? Descorçoava. — "Vovó Izidra, a senhora falou aquilo, aquela vez: eu tenho muita fé em Deus?" "— Tu tem é severgonhice, falta de couro! Menino atentado!..."

A gente — essas tristezas. Mesmo, daí, Vovó Izidra ralhava, aconselhava para ele não ir caminhar molhando os pés no chão chovido. Que era que adiantava? Para um assim com má-sina — que é que adiantava? Entre chuva e outra, o arco-da-velha aparecia bonito, bebedor; quem atravessasse debaixo dele — fú! — menino virava menina, menina virava menino:

Campo Geral   39

será que depois desvirava? Estiadas, as aguinhas brincavam nas árvores e no chão, cada um de um jeito os passarinhos desciam para beber nos lagoeiros. O sanhaço, que oleava suas penas com o biquinho, antes de se debruçar. O sabiá-peito-vermelho, que pinoteava com tantos requebros, para trás e para a frente, ali ele mesmo não sabia o que temia. E o casal de tico-ticos, o viajadinho repulado que ele vai, nas léguas em três palmos de chão. E o gaturamo, que era de todos o mais menorzim, e que escolhia o espaço de água mais clara: a figurinha dele, reproduzida no argume, como que ele muito namorava. Tudo tão caprichado lindo! Ele Miguilim havia de achar um jeito de sarar com Deus. Perguntava a Mãitina, mesmo, como não devia, quem sabe?

Mãitina gostava dele, por certo, tinha gostado, muito, uma vez, fazia tempo, tempo. Miguilim agora tirava isso, da deslembra, como as memórias se desentendem. Ocasião, Mãitina sempre ficava cozinhando coisas, tantas horas, no tacho grande, aquele tacho preto, assentado na trempe de pedras soltas, lá no cômodo pegado com a casa, o puxado, onde que era a moradia dela — uma rebaixa, em que depois tinham levantado paredes: o *acrescente*, como se chamava. Lá era sem luz, mesmo de dia quase que só as labaredas mal alumiavam. Miguilim era mais pequeno, tinha medo de tudo, chegou lá sozinho para espiar, não tinha outra pessôa ninguém lá, só Mãitina mesmo, sentada no chão, todo o mundo dizia ela feiticeira, assim preta encoberta, como que deve de ser a Morte. Miguilim esbarrou, já estava com um começo de dúvida, daí viu, os olhos dele vendo: viu nada, só conheceu que o escuro estava sendo mais maldoso, em redor — e o treslinguar do fôgo — era uma mata-escura, mato em que o verde vira preto, e o fôgo pelejava para não deixar aquilo tomar conta do mundo, estremeciam mole todos os sombreados. Ele se assustou forte, deu grito. E, se agarrando nas costas dela, se abraçou com

Mãitina. Ah, se lembrava. Pois porque tudo tinha tornado a se desvirar do avesso, de repente, Mãitina estava pondo ele no colo, macio manso, e fazendo carinhos, falando carinhos, ele nem esperava por isso, isso nem antes nem depois nunca não tinha acontecido. O que Mãitina falava: era no atrapalho da linguagem dela, mas tudo de ninar, de querer-bem, Miguilim pegava um sussú de consolo, fechou os olhos para não facear com os dela, mas, quisesse, podia adormecer inteiro, não tinha mais medo nenhum, ela falava a zúo, a zumbo, a linguagem dela era até bonita, ele entendia que era só de algum amor. Tanto mesmo Mãitina tinha gostado dele, nesse dia, que, depois, ela segurou na mãozinha dele, e vieram, até na porta-da-cozinha, aí ela gritou, exclamando os da casa, e garrou a esbravecer, danisca, xingando todos, um cada um, e apontava para ele, Miguilim, dizendo que ele só é que era bonzinho, mas que todos, que ela mais xingava, todos não prestavam. Pensaram que ela tivesse doidado furiosa.

Mas, depois, aquilo tinha sido mesmo uma vez só, os outros dias que vinham eram no igual a todos, a gente de tudo não aguenta também de se lembrar, não consegue. Mãitina bebia cachaça, surtia todas as venetas, sumia o senso na velhice. A ver, os meninos todos queriam ir lá, no acrescente, Mãitina agachada, remexendo o tacho; num canto Mãitina dormia, ainda era mais trevoso. Com a colher-de-pau ela mexia a goiabada, horas completas, resmungava, o resmungo passava da linguagem de gente para aquela linguagem dela, que pouco fazia. A fumaça estipava nos olhos de Miguilim, ele tossia e apertava lágrimas de rir azedo. — "Fumaça pra lá, dinheiro p'ra cá…" — cada um dizia, quando o enfio da fumaça se espalhava. Só Drelina era quem queria gostar: — *"Fumaça percura é formosura…"* Vovó Izidra sobrevinha, à tanta, às roucas, esgraviava escramuçando as crianças embora, êta escrapeteava com a criançada toda do mundo! Vovó Izidra, mesmo no escuro assim, avançava nos guardados, nos esconsos, em buracos na taipa, achava aqueles toquinhos de pau que Mãitina tinha escascado com a faca, eram os calunguinhas, Vovó Izidra trouxava tudo no fogo, sem dó! —: eram santos-desgraçados, a gente nem não devia de consentir se Mãitina oferecesse aquilo para respeito de se beijar, bonecos do demo, cazumbos, a gente devia era de decuspir em riba. Mãitina depois tornava a compor outros. Essas horas, a gente nunca sabia o que Mãitina fosse arrumar, tudo com ela dependia. Tinha vez, ria atôa, não fazia caso; mas, outras, ela gritava horroroso, enfrenesiava no meio do quintal, rogando pragas sentidas, tivesse lama deitava mesmo na lama, se esparramava.

E agorinha, agora, que ele carecia tanto de qualquer assinzinho de socôrro, algum aprumo de amparo, será que não podia pedir a ela? Miguilim pensava. Miguilim nem ria. O que ele ia vendo: que nem não adiantava. Ah, não adiantava não, de jeito nenhum — Mãitina estava na bebedeira. A mal, derradeiro deixavam ela tomasse como quisesse; porque estavam supeditando escondido na cachaça o pó de uma raiz, que era para ela enfarar de beber, então, sem saber, perdia o vício. Mas nem não valia. Podiam sobpôr aquilo, sustanciar em todas quantidades, a meizinha não executava. Judiação. Mãitina bebia e rebebia, queria mais, ela gastava a cachaça toda. Tudo, que todo o mundo fazia, era errado.

A Rosa. Miguilim pergunta à Rosa: — "Rosa, que coisa é a gente ficar héctico?" "— Menino, fala nisso não. Héctico é tísico, essas doenças, derrói no bofe, pessôa vai minguando magra, não esbarra de tossir, chega cospe sangue..." Miguilim desertêia para a tulha, atontava.

— "Agora você ensina armar urupuca..." — o Dito queria, quando desinvernou de repente, as maitacas já passavam, vozeando o trilique, antes era tão bonito. Para o Dito, não tinha coragem de negar. Mas a urupuca não definia certa, o Dito mesmo experimentou, espiava sério, só Tio Terêz era quem podia. Tio Terêz em tudo estava vivendo longe. Tio Terêz voltasse, Miguilim conversava. — "Sanhaço pia uma flauta... Parece toca aprendendo..." "— Que é que é flauta, Tio Terêz?" Flauta era assovio feito, de instrumento, a melhor remedava o pio assim do sanhaço grande, o ioioioim deles... Tio Terêz ia aprontar para ele uma, com taquara, com canudo de mamão? Mas, depois, de certo esqueceu, nunca que ninguém tinha tempo, quase que nenhum, de trabalhar era que todos careciam.

Tomèzinho e o Dito corriam, no pátio, cada um com uma vara de pau, eram cavalinhos que tinham até nomes dados. "— Brincar, Miguilim!" Brincar de pegador. Até a Chica e Drelina brincavam, os cachorros latiam diverso. O Gigão sabia quase brincar também. Miguilim corria, tinha uma dôr de um lado. Esbarrava, nem conseguia ânimo de tomar respiração. Não queria aluir do lugar — a dôr devia de ir embora. Assim instante assim, comecinho dela, ela estava só querendo vindo pousando — então num átimo não podia também desistir de nele pousar, e ir embora? Ia. Mas não adiantava, ele sabia, deu descordo. Já estava héctico. Então, ia morrer, mesmo, o remédio de seo Deográcias não adiantava.

— Dito, hoje é que dia?

Então ia morrer; carecia de pensar feito já fosse pessôa grande? Suspendeu as mãozinhas, tapando os olhos. Em mal que, a gente carecia de querer pensar somente nas coisas que devia de fazer, mas o governo da cabeça era erroso — vinha era toda ideia ruim das coisas que estão por poder suceder! Antes as estórias. Do pai de seo Soande vivo, estória do homem boticário, Soande. Esse, deu um dia, se prezou que já estava justo completo, capaz para navegar logo pra o Céu, regalias

Campo Geral   43

altas; como que então ele dispôs de tudo que tinha, se despediu dos outros, e subiu numa árvore, de manhã cedo, exclamou: — "Belo, belo, que vou para o Céu!..." — e se soltou, por voar; descaíu foi lá de riba, no chão muito se machucou. — "Bem feito!" — Vovó Izidra relatava — "Quem pensa que vai para o Céu, vai mas é para o Céu-de-Laláu!..." Vovó Izidra todos vigiava.

O Dito tinha ido ver, perguntar. Daí, voltava: — "Hoje é onze, a Rosa espiou na folhinha. A Rosa disse essa folhinha que agora a gente tem não é bôa, folhinha-de-Mariana; que carece de arranjar folhinha de desfolhar — de tão bonitos quadros..." "— Eu vou ali, volto..." — Miguilim disse. Miguilim tinha pegado um pensamento, quase que com suas mãos.

"— Deix'ele ir, Dito. Ele vai amarrar-o-gato..." — ainda escutava dizer o vaqueiro Jé. Mentira. Tinha mentido, de propósito. Era o único jeito de sozinho poder ficar, depressa, precisava. Podiam rir, de que rissem ele não se importava. Mesmo agora ali estava ele ali, atrás das árvores, com as calças soltadas, acocorado, fingindo. Ah, mas livre de todos; e pensava, ah, pensava!

Repensava aquele pensamento, de muitas maneiras amarguras. Era um pensamento enorme, aí Miguilim tinha de rodear de todos os lados, em beira dele. E isso era, era! Ele tinha de morrer? Para pensar, se carecia de agarrar coragem — debaixo da exata ideia, coraçãozinho dele anoitecia. Tinha de morrer? Quem sabia, só? Então — ele rezava pedindo: combinava com Deus, um prazo que marcavam... Três dias. De dentro daqueles três dias, ele podia morrer, se fosse para ser, se Deus quisesse. Se não, passados os três dias, aí então ele não morria mais, nem ficava doente com perigo, mas sarava! Enfim que Miguilim respirava forte, no mil de um minuto, se coçando das ferroadas dos mosquitos, alegre quase. Mas, nem nisso, mau! — maior susto o salteava: três dias era curto demais, doíam de assim tão perto, ele mesmo achava que não aguentava… Então, então, dez. Dez dias, bom, como valesse de ser, dava espaço de, amanhã, principiar uma novena. Dez dias. Ele queria, lealdoso. Deus aprovava.

Voltou para junto. Agora, ele se aliviava qualqual, feliz no acomodamento, espairecia. Era capaz de brincar com o Dito a vida inteira, o Ditinho era a melhor pessôa, de repente, sempre sem desassossego. O Dito como que ajudava. Ele Miguilim ainda carecia de sinalar os dias todos, para aquela espera, fazia a conta nos dedos. O Dito e o vaqueiro Jé não estavam entendendo nada, mas o vaqueiro Jé fez a conta, Miguilim e Dito não sabiam. — "Pra que é, Miguilim? Você fechou data para se casar?" — assim a poetagem do vaqueiro Jé, falanfão. Soubesse o que era, de verdade, assim se rindo assim ele falava? O vaqueiro Jé era uma pessôa esperdiçada. — "Ah, isto é" — ainda vinha dizendo mais — "é por via da vacama: o Miguilim vai reger o costeio…"

A tempo, com a chuva, os pastos bons, o pai tinha falado iam tornar a começar a tirar muito leite, fazer requeijão, queijo. As vacas estavam sobrechegando, com o touro. O touro era um zebú completo preto — Rio-Negro. A bezerrada se concluía num canto do curral, os rabinhos de todos pendurados, eles formavam roda fechada, com as cabeças todas juntas. O cachorro Gigão vigiava, sempre sério, sentado; ele desgostava do Rio-Negro. O Rio-Negro era ruim, batedor. Um dia ele tinha investido nos meninos. Quando que avançou, de supetão, todos gritaram, as pessôas grandes gritaram: os meninos estavam mortos! Mas mais se viu que o Gigão sobrestava, de um pulo só ele cercou, dando de encontro — tinha ferrado forte do Rio-Negro, abocando no focinho — não desmordeu, mesmo — deu com o pai-de-bezerro no chão. Três tombos, até o Rio-Negro rolar por debaixo do cocho que quase encostado na cerca. Todas as belezas daquele retumbo!

Campo Geral

Deu a derradeira queda aqui, já neste fundinho de terra. O Gigão gostava de mexida de gado, cachorro desse derruba qualquer boi. Tinha livrado os meninos da morte, todos faziam festas no Gigão, sempre que se matava galinha assavam o papo e as tripas para ele. Mas agora o Gigão parava ali, bebelambendo água na poça, e mesmo assim, com ele diante perto, Miguilim estava sentindo saudade dele. Então, era porque ia mesmo morrer? Já tinham quase passado dois dias, faltavam os outros para inteirar. E ele, por motivo nenhum, mas tinha deixado de principiar a novena, e não sobrava mais tempo, não dava. Deus Jesus, como é que havia de ser?

Não ia fazer mais artes. Só tinha trepado na árvore-de--tentos, com o Dito, para apanhar as frutinhas de birosca. Tomèzinho não sabia subir, ficava fazendo birra em baixo, xingava nome feio. "— Não xinga, Tomèzinho, é Mãe que você está ofendendo!" Mas então precisavam de ensinar a ele outros nomes de xingar, senão o Tomèzinho não esbarrava. Às vezes a melhor hora para a gente era quando Tomèzinho estava dormindo de dia. No descer do tenteiro, Miguilim desescorregou, um galho partiu, ele bateu no chão, não machucou parte nenhuma, só que a calça rasgou, rasgão grande, mesmo. Tudo se dado felizmente. Mas o pai, quando ele chegou, gritou pito, era para costurarem a roupa. E ainda mandou que deixassem Miguilim nú, de propósito, sem calça nenhuma, até Mãe acabar de costurar. Só isso, se morria de vergonha. E, então, não tinham pena dele, Miguilim, achavam de exemplar por conta de tudo, mesmo num tempo como esse, que faltavam seis dias, do comum diferentes? Ah, não fosse pecado, e aí ele havia de ter uma raiva enorme, de Pai, deles todos, raiva mesmo de ódio, ele estava com razão. Pudesse, capaz de ter uma raiva assim até do Dito! Mas por que era que o Dito semelhava essa sensatez — ninguém não botava o Dito de castigo, o Dito fazia tudo sabido, e falava com as pessôas grandes sempre justo, com uma firmeza, o Dito em culpa aí mesmo era que ninguém não pegava.

Agora estavam reduzindo com os bezerros, para a ferra, na laçação. Miguilim também queria ir lá no curral, para poder ver — não ia, nú, nuélo, castigado. Escutava o barulho — como o bezerro laçado bufa e pula, tréta bravo. O vaqueiro Jé sabia jogar focinheira bem, com o laço: era custoso, mais custoso quando o bezerro estava com a cabeça abaixada. Laçavam pelo pescoço. Quando pegavam o pescoço e perna, duma vez, Pai zangava, estavam errando. Peavam o bezerro, na curva, com duas voltas de sedém e um nó-de-porco; encambixavam, com as duas mãos. Outro apertava a cabeça dele no chão. Outro ajudava. O bezerro punha a língua de fora. E os berros. Bêrrú-berro feio, como quando que gado toma uma esbarrada se estremece bruto, nervoso, derruba gente, agride, pula cerca. Doidavam desespero, davam testada. Até às vezes, no pular, algum rasgava a barriga nas pontas de aroeira, depois morriam. Como o pai ficava furioso: até quase chorava de raiva! Exclamava que ele era pobre, em ponto de virar miserável, pedidor de esmola, a casa não era dele, as terras ali não eram dele, o trabalho era demais, e só tinha prejuízo sempre, acabava não podendo nem tirar para sustento de comida da família. Não tinha posse nem para retelhar a casa velha, estragada por mão desses todos ventos e chuvas, nem recurso para mandar fazer uma bôa cerca de réguas, era só cerca de achas e paus pontudos, perigosa para a criação. Que não podia arranjar um garrote com algum bom sangue casteado, era só contentar com o Rio-Negro, touro do demônio, sem raça nenhuma quase. Em tanto nem conseguia remediar com qualquer zebú ordinário, touro cancréje, que é gado bravo, miúdo ruim leiteiro, de chifres grandes, mas sempre é zebú mesmo, cor queimada, parecendo com o guzerate: — "Zebú que veio no meio dos outros, mas não teve aceitação..." — que era o que queria o vaqueiro Salúz. Dava vergonha no coração da gente, o que o pai assim falava. Que de pobres iam morrer de fome — não podia vender as filhas e os filhos... Pudesse, crescesse um poucado mais, ele Miguilim queria ajudar, trabalhar também. Mas, muito em antes queria trabalhar, mais do que todos, e não morrer, como quem sabe ia ser, e ninguém não sabia.

Mas por que não cortavam aquela árvore de pé-de-flôr, de detrás da casa, que seo Deográcias tinha falado? Se não cortassem, era tanto perigo, de agouro, ela crescia solerte, de repente uma noite despassava mais alta do que o telhado, então alguém da família tinha de morrer, então era que ele Miguilim morria. Pois ele não era o primeirozinho separado para ser, conforme Deus podia mandar, como a doença queria? Mas nem que o pai não queria saber de cortar, quizilou quando Mãe disse. — "Não corto, não deixo, não dou esse prazer a esse seo Deográcias! Nem ele não pense que tudo o que fala é minhas-ordens, que por destino de pobres ignorantes a gente é bobo também..." Não cortavam, e a arvorezinha pegava asas. Miguilim escogitava. "— Dito, alegria minha maior se alguém terminasse com a árvore-de-flôr, um vento forte derribasse..." O Dito não fosse tão ladino: quando ninguém não estava vendo ele chamou o vaqueiro Salúz, disse que para botar no chão, mandado do pai. Vaqueiro Salúz gostava de cortar, meteu o facão, a árvore era fina. Miguilim olhava de longe; de alegria, coração não descansava. Quando os outros viram, todos ficaram assustados, temor do pai, diziam o Dito ia apanhar de tirar sangue. O Dito, por uma aguinha branca como nem que ele não se importava. Saíu brincando com carrinho-de-boi, com os sabucos. Um sabuco rôxo era boi rôxo, outros o Dito pedia à Rosa para no fôgo tostar, viravam sendo boizinhos amarelos, pretos, pintados de preto-e-branco. Era o brinquedo mais bonito de todos. Pai chegou, soube da árvore cortada, chamou o Dito: — "Menino, eu te amostro! Que foi que mentiu, que eu tinha mandado sentar facão na árvore-de-flôr?!" "— Ah, Pai, ressonhei que o que se disse, se a árvore danasse de crescer, mais o senhor é que é o dono da casa, agora o senhor pode bater em mim, mas eu por nada não queria que o senhor adoecesse, gosto do senhor, demais..." E o pai abraçou o Dito, dizia que ele era menino corajoso e com muito sentimento, nunca que mentia. Mesmo Miguilim não entendia o sopro daquilo; pois até ele, que sabia de tudo, dum jeito não estava acreditando mais no que fora: mas achando que o que o Dito falou com o pai era que era a primeira verdade.

Marôto que o Dito saía, por outros brinquedos, com simples de espiar o ninho de filhotes de bem-te-vi, não tinha medo que bem-te-vi pai e mãe bicavam, podiam furar os olhos da gente. Chamava Miguilim para ir junto. Miguilim não ia. O Dito não chamava mais. O Dito quase que não se importava mais com ele, o Dito não gostava mais dele. Cada dia todos deixavam de gostar dele um poucadinho, cismavam a sorte dele, parecia que todos já estavam pressentindo, e queriam desa-costumar. Não faltavam só três dias? Mas agora ele imaginava outros pensamentos, só que eram desencontrados, tudo ainda custoso, dificultoso. Se escapasse, achava que ia ficar sabendo, de repente, as coisas de que precisava. Ah, não devia de ter decorado na cabeça a data desses dias! Sempre de manhã já acordava sopitado com aquela tristeza, quando os bem-te-vis e pass'os-pretos abriam pio, e Tomèzinho pulava da cama tão contente, batia asas com os braços e cocoricava, remedando o galo. De noite, Miguilim demorava um tempo distante, pensando na coruja, mãe de seus sabêres e podêres de agouro. — "É coruja, cruz?!" Não. O Dito escutava com seriedades. Só era só o grito do enorme sapo latidor.

Campo Geral

De em dia, Miguilim mesmo tinha escasseado o gosto de se esconder, de se apartar às vezes da companhia dos outros, conforme tanto de-primeiro ele apreciava. Mas, agora, de repente achava que, se sozinho, então — por certo encoberto modo — aí era que ele era mais sabido de todos, mais enxergado e medido. Parava dentro de casa, na cozinha, perto de Mãe, perto das meninas. Queria que tudo fosse igual ao igual, sem esparrame nenhum, nunca, sem espanto novo de assunto, mas o pessoal da família cada um lidando em suas miúdas obrigações, no usozinho. Que — se ele mesmo desse de viver mais forte, então puxava perigo de desmanchar o esquecimento de Deus, influía mais para a banda da doença. Que, se andasse, adoecia amadurecido, sentia uma dor na contraquilha, no fundo das tampas do peito, daí cuspia sangue — era o que a Rosa falava para sempre. De sestro, salivava, queria saber se já sobrava o gosto de sangue. — "Qu' é qu' isso, Miguilim!? Larga de mania feia!" — qualquer um repreendia. E ele abanava a cabeça que sim, sorria mansinho que pudesse, para ser bobinho. Porque a alma dele temia gritos. No sujo lamoso do chiqueiro, os porcos gritavam, por gordos demais. Todo grito, sobre ser, se estraçalhava, estragava, de dentro de algum macio miôlo — era a começação de desconhecidas tristezas. O quirquincho de um tatú caçado. O afurôo dos cachorros, estrepolindo com o tatú em buraco.

Ali mesmo, para cima do curral, vez pegaram um tatú--peba — como roncou! — o tatú-pevinha é que é o que ronca mais, quando os cachorros o encantôam. Os cachorros estreitam com ele, rodeavam — era tatúa-fêmea — ela encapota, fala choramingada; peleja para furar buraco, os cachorros não deixam. Os cachorros viravam com ela no chão, ela tornava a se desvirar, ligeiro. A gente via que ela podia correr muito, se os cachorros deixassem. E tinha pelinhos brancos entremeados no casco, feito as pontas mais finas, mais últimas, de raizinhas. E levantava as mãozinhas, cruzadas, mostrava aqueles dedos de unhas, como ossinhos encardidos. Pedia pena... Depois, outra ocasião, não era peva, era um tatú-galinha, o que corre mais, corredor. Funga, quando cachorro pega. Pai tirava a faca, punha a faca nele, chuchava. Ele chiava: *Izúis, Izúis!*... Estava morrendo, ainda estava fazendo barulho de unhas no chão, como quando entram em buraco. — "Tem dó não, Miguilim, esses são danados para comer milho nas roças, derrubam pé-de-milho, roem a espiga, desenterram os bagos de milho semeados, só para comer..." — o vaqueiro Salúz dizia aquilo, por consolar, tantas maldades. — "O tatú come raízes..." Então, mas por que é que Pai e os outros se praziam tão risonhos, doidavam, tão animados alegres, na hora de caçar atôa, de matar o tatú e os outros bichinhos desvalidos? Assim, com o gole disso, com aquela alegria avermelhada, era que o demônio precisava de gostar de produzir os sofrimentos da gente, nos infernos? Mais nem queriam que ele Miguilim tivesse pena do tatú — pobrezinho de Deus sozinho em seu ofício, carecido de nenhuma amizade. Miguilim inventava outra espécie de nôjo das pessôas grandes. Crescesse que crescesse, nunca havia de poder estimar aqueles, nem ser sincero companheiro. Aí, ele grande, os outros podiam mudar, para ser bons — mas, sempre, um dia eles tinham gostado de matar o tatú com judiação, e aprontado castigo, essas coisas todas, e mandado embora a Cuca Pingo-de-Ouro, para lugar onde ela não ia reconhecer ninguém e já estava quase ceguinha.

Mas, a mal, vinha vesprando a hora, o fim do prazo, Miguilim não achava pé em pensamento onde se firmar, os dias não cabiam dentro do tempo. Tudo era tarde! De siso, devia de rezar, urgente, montão de rezas. Não compunha. Pois então, no espandongado mesmo dessa pressa, era que a reza não dava vontade de se rezar, ele principiava e não conseguia, não aguentava, nervosia, toleimado se atolava todo. Se sentava na tulha, ainda uma vez, com coragem, só com o gato Sossõe. Ficava pensando. Se lembrando. O gato chegava por si, sobremacio, tripetrepe, naquela regra. Esse não se importava com nenhuma coisa; mais, era rateiro: em estado de dormindo, mesmo, ele com um cismado de orêlhas seguia longe o rumor de rato que ia se aparecer dum buraquinho. E Miguilim de repente viu que estava recordando aquelas conversas do Patorí, gostando delas, auxiliando mesmo de se lembrar. A coisa do boi se chamava verga. A do cavalo, chamava *província*, pendurada, enorme, semelhando um talo de cacho de bananeira, sem o mangará. Tinha até vontade que o Patorí voltasse, viesse, havia de conversar a bem com ele, perguntar mais desordens. O garrote tourava as vacas, depois nasciam os bezerrinhos. Patorí falava que podia ensinar muitas coisas, que homem fazia com mulher, de tão feio tudo era bonito. Só assim em se pensar, mesmo já esquentava, bom, descansava. Um porco magro, passante, demorou na porta da tulha, esmastigando, de amarelar, um bagaço de cana. Grunhava. Devia de ser bom, namoração. Ele Miguilim era quem ia se casar com Drelina — mas irmão não podia casar com irmã? Daí, não aguentava: tinha vergonha. — "Dito, vem cá, fala comigo uma pergunta minha…"

— "Quê que é, Miguilim? Você sabe Pai disse? Amanhã ele vai deixar a gente nós dois montar a cavalo, sozinhos, vamos ajudar a trazer os bezerros…" "— Dito, você já teve alguma vez vontade de conversar com o anjo-da-guarda?" "— Não pode, Miguilim. Se puder, vai p'ra o inferno…" "— Dito, eu às vezes tenho uma saudade de uma coisa que eu não sei o que é, nem de donde, me afrontando…" "— Deve de não, Miguilim, descarece. Fica todo olhando para a tristeza não, você parece Mãe." "— Dito, você ainda é companheiro meu? De primeiro você gostava de conversar comigo…" "— Que eu que eu gosto, Miguilim. Demais. Mas eu quero não conversar essas conversas assim." "— Você quer me ver eu crescer, Dito? Eu viver, toda a vida, ficar grande?" "— Demais. A gente brincar muito, tempos e tempos, de em diante crescer, trabalhar, todos, comprar uma fazenda muito grande, estivada de gados e cavalos, pra nós dois!" A alegria do Dito em outras ocasiões valia, valia, feito rebrilho de ouro.

Daí mas descambava, o dia abaixando a cabeça morre--não-morre o sol. O oõo das vacas: a vaca Belbutina, a vaca Trombeta, a vaca Brindada… O enfile delas todas, tantas vacas, vindo lentamente do pasto, sobre pé de pó. Atitava um assovio de perdiz, na borda-do-campo. Voando quem passava era a marreca--cabocla, um pica-pau pensoso, casais de araras. O gaviãozinho, o gavião-pardo do cerrado, o gaviãozinho-pintado. A gente sabia esses todos vivendo de ir s'embora, se despedidos. O pio das rolinhas mansas, no tarde-cai, o ar manchado de preto. Daí davam as cigarras, e outras. A rã rapa-cúia. O sorumbo dos sapos. Aquele lugar do Mutúm era triste, era feio. O morro, mato escuro, com todos os maus bichos esperando, para lá essas urubùguáias. A ver, e de repente, no céu, por cima dos matos, uma coisa preta desforme se estendendo, batia para ele os braços: ia ecar, para ele, Miguilim, algum recado desigual? "São os morcegos? Se fossem só os morcegos?!…" Depois, depois, tinha de entrar p'ra dentro, beber leite, ir para o quarto. Não dormia dado. Queria uma coragem de abrir a janela, espiar no mais alto, agarrado com os olhos, elas todas, as Sete-Estrelas. Queria não dormir, nunca. Queria abraçar o Ditinho, conversar, mas não tinha diligência, não tinha ânimo.

Agora era o dia derradeiro. Hoje, ele devia de morrer ou não morrer. Nem ia levantar da cama. De manhã, ele já chuviscara um chorozinho, o travesseiro estava molhado. Morria, ninguém não sentia que não tinha mais o Miguilim. Morria, como arteirice de menino mau? — "Dito, pergunta à Rosa se de noite um pássaro riu em cima do paiol, em cima da casa?" O dia era grande, será que ele ia aguentar de ficar o tempo todo deitado? — "Miguilim, Mãe está chamando todos! É p'ra catar piôlho..." Miguilim não ia, não queria se levantar da cama. "— Que é que está sentindo, Miguilim? Está doente, então tem de tomar purgante..." A mãe já estaria lá, passando o pente-fino na cabeça dos outros, botava óleo de babosa nos cabelos de Drelina e da Chica, suas duas muito irmãzinhas, delas gostava tanto. Tomèzinho chorava, ninguém não podia com Tomèzinho. — "Miguilim está mesmo doente? Que é agora que ele tem?" Era Vovó Izidra, moendo pó em seu fornilho, que era o moinho-de-mão, de pedra-sabão, com o pião no meio, mexia com o moente, que era um pau cheiroso de sassafrás. Miguilim agora em tudo queria reparar demais, lembrado. Pó, tabaco-rapé, de fumo que ela torrava, depois moía assim, repisando — a gente gostava às vezes de auxiliar a moer — o pó ela guardava na cornicha, de ponta de chifre de boi, com uma tampinha segura com tirinha de couro, dentro dela botava também uma fava de cumarú, para dar cheiro... Vovó Izidra não era ruim, todos não eram ruins, faziam ele comer bastante, para fortalecer, para não emagrecer héctico, de manhãzinha prato fundo com mingau-de-fubá, dentro misturavam leite, pedacinhos de queijo, que derretiam, logo, depois comia gemada de ovo, enjoada, toda noite Vovó Izidra quentava para ele leite com açúcar, com umas folhinhas verdes de hortelã, era tão gostoso... A mãe vinha ver: — "Melhor se dar logo o sal-amargo a ele, senão o Bero vem, ele pensa que remédio para menino é doses, feito bruto p'ra cavalo..." Mas Miguilim estava chorando simples, não era medo de remédio, não era nada, era só a diferença toda das coisas da vida. Só Drelina só era quem adivinhava aquilo, vinha se sentar na beira da cama. — "Miguilinzinho, meu irmãozinho, fala comigo por que é que você está chorando, que é que você está sentindo dôr?" Drelina pegara uma das mãos dele, de junto carinhava Miguilim, na testa. Drelina era bonita de bondade. — "Sossega, Miguilim, você não está com febre não, cabeça não está quente..." "— Drelina, quando eu crescer você casa comigo?" "— Caso, Miguilim, demais." "— E a Chica casa com o Dito, pode?" "— Pode, decerto que pode." "— Mas eu vou morrer, Drelina. Vou morrer hoje daqui a pouco..." Quem sabe, quem sabe, melhor ficasse sozinho — sozinho longe deles parecia estar mais perto de todos de uma vez, pensando neles, no fim, se lembrando, de tudo, tinha tanta saudade de todos. Para um em grandes horas, todos: Mãe, o Dito, as Meninas, Tomèzinho, o Pai, Vovó Izidra, Tio Terêz, até os cachorros também, o gato Sossõe, Rosa, Mãitina, vaqueiro Salúz, o vaqueiro Jé, Maria Pretinha... Mas, no pingo da horinha de morrer, se abraçado com a mãe, muito, chamando pelo nome que era dela, tão bonito: — Nhanina...

— Mãe! Acode ligeiro, o Miguilim está dando excesso!...
E o Dito? Onde o Dito estava? Saíra correndo certo. Tinha avistado o seo Aristeu, que descia de volta do Nhangã, montado no seu cavalinho sagaz, foi correu — chamar para vir ver Miguilim, pronto. Seo Aristeu chegou.

Seo Aristeu entrava, alto, alegre, alto, falando alto, era um homem grande, desusado de bonito, mesmo sendo roceiro assim; e dôido, mesmo. Se rindo com todos, fazendo engraçadas vênias de dansador.

— "Vamos ver o que é que o menino tem, vamos ver o que é que o menino tem?!... Ei e ei, Miguilim, você chora assim, assim — p'ra cá você ri, p'ra mim!..." Aquele homem parecia desinventado de uma estória. — "O menino tem nariz, tem boca, tem aqui, tem umbigo, tem umbigo só..." — "Ele sara, seo Aristeu?" "— ... Se não se tosar a crina do poldrinho novo, pescoço do poldrinho não engrossa. Se não cortar as presas do leitãozinho, leitãozinho não mama direito... Se não esconder bem pombinha do menino, pombinha vôa às aluadas... Miguilim — bom de tudo é que tu 'tá: levanta, ligeiro e são, Miguilim!..."

— Eu ainda pode ser que vou morrer, seo Aristeu...

— Se daqui a uns setenta anos! Sucede como eu, que também uma vez já morri: morri sim, mas acho que foi morte de ida-e-volta... Te segura e pula, Miguilim, levanta já!

Miguilim, dividido de tudo, se levantava mesmo, de repente são, não ia morrer mais, enquanto seo Aristeu não quisesse. Todo ria. Tremia de alegrias.

— "Não disse, não falei? Apruma mesmo durim, Miguilim, a dansa hoje é das valsas..." Todo o mundo: boca que ria mais ria. "— Ai, Miguilim, eu soubesse disto, tinha trazido minha companhia — que por nome tem até é Minréla-Mindóla, Menina Gordinha, com mil laços de fitas... — viola mestra de todo tocar!" "— Então, eu não estou héctico nem tísico não, seo Aristeu?" "— Bate na boca por bestagem tão grande que se disse, compadre meu Miguilim: nunca que eu ouvi outra maior. Tísica nem não dá, nestes Gerais, o ar aqui não consente! Vai o que você tem é saúde grande ainda mal empenada..."

Pai estava chegando, seo Aristeu para ele explicava: — "Amigo meu Miguilim de repente estranhou a melhor saúde que ele tem. Isso isso-mesmo: ajustar as perninhas primeiro nos compassos..." Estipulava: que ali no Gerais não dava tísica, não, mas mesmo tísica ele sarava, com agrião e caldo de bicho caramujo — era: pá!-bosta! — e todos milagres aquilo fazia... Miguilim carecia de remédio nenhum, estava limpo de tudo.

Siso de que exercício era bom: podia ir até na caçada... Porque seo Aristeu aparecia por ali era para prevenir os caçadores: uma anta enorme estava trançando, desdada, uma anta preta chapadense, seo Aristeu tinha batido atrás da treita do rastro, acertara com a picada mais principal, ela reviajava de chapada pra chapada, e em três veredas ela baixava: no Tipã, no Terentém e no Ranchório — burrinhando, sozinha, a fêmea decerto tinha ficado perdida dela, ou alguém mais já tinha matado. Carecia de se emprazar a boa caçada... — "E as abelhas, como vão, seo Aristeu?" "— De mel e mel, bem e mal, Nhô Berno, mas sempre elas diligencêiam, me respeitam como rei delas, elas sabem que eu sou o Rei-Bemol... Inda ôntem, sei, sabem, um cortiço deu enxame, enxame enorme: um vê — rolando uma nuvem preta, o diabo devia de querer estar no meio, rosnando... Ei, Miguilim, isto é p'ra você, você carece de saber das coisas: primeiro, foi num mato, onde eu achei uns macacos dormindo, aí acordaram e conversaram comigo... Depois, se a gente vê um ruivo espirrar três vezes seguidas, e ele estando com facão, e pedir água de beber, mas primeiro lavar a boca e cuspir — então, desse, nada não se queira, não!" Seo Aristeu sossegava para almoçar. Supria de aceitar cachaça. Oh homem! Ele tinha um ramozinho de ai-de-mim de flôr espetado na copa do chapéu, as calças ele não arregaçava. Só dizia aquelas coisas dansadas no ar, a casa se espaceava muito mais, de alegrias, até Vovó Izidra tinha de se rir por ter boca. Miguilim desejava tudo de sair com ele passear — perto dele a gente sentia vontade de escutar as lindas estórias. Na hora de ir embora afinal, seo Aristeu abraçou Miguilim:

— "Escuta, meu Miguilim, você sarou foi assim, sabe:

...Eu vou e vou e vou e vou e volto!
Porque se eu for
Porque se eu for
Porque se eu for
hei de voltar...

E isto se canta bem ligeiro, em tirado de quadrilha."

Depois e tanto, abraçou o Dito; falou: — "Tratem com os açúcras este homenzinho nosso, foi ele quem veio e quis me chamar..."

A caçada, a batida da anta, para um domingo, Deus quisesse, ficou marcada.

Agora Miguilim tinha tanta fome, comeu demais, até deu na fraqueza: depois de comer, ficou frio suado. Mas estava alevantado nas bôas cores. O barro secou. Pai disse: — "Miguilim carece de render exercício labutando, amanhã ele leva almoço meu na rocinha." Miguilim gostou disso, por demais: Pai estava achando que ele tinha préstimo para ajudar, Pai tinha falado com ele sem ser ralhando. A alegria de Miguilim era a sús.

— Você me ensinazinho a dansar, Chica?
— Ensino, você não aprende.
— Aprendo sim, Chica...
— A Rosa quem disse: Dito aprende, Miguilim não aprende...
— Por que, Chica?
— Você nasceu em dia-de-sexta com os pés no sábado: quando está alegre por dentro é que está triste por fora... A Rosa é quem disse. Você tem pé de chacolateira...

No outro dia, dia-de-manhã bonito, o sol chamachando, estava dado lindo o grilgril das maitacas, no primeiro, segundo, terceiro passar delas, para os buritis das veredas. Por qualquer coisa, que não se sabe, as seriemas gritaram, morro abaixo, morro acima, quase bem uma hora inteira. Vaqueiro Salúz tirava leite, o Dito conseguia de ajudar. A bezerrinha da vaca *Piúna* era dele, bezerro da *Trombeta* era de Tomèzinho, o da *Nobreza* de Drelina, o da *Mascaranha* de Chica, dele Miguilim o da vaca *Sereia*. O Rio-Negro não saía de junto da *Gadiada,* que devia de estar em começo de calor. Touro em turvo, feio, a cara burra, tão de ruim. Vez em quando virava a cabeçona, por se lamber na charneira — estava cheio de bernes. — "Por causa que aqui é mato, pé-de-serra, aí no meio dos Gerais não dá..." — por ele punia o vaqueiro Salúz. O Dito perguntava continuação. O Dito de tudo queria aprender.

Mas depois Mãe e a Rosa arrumavam bem a comida, no tabuleirinho de pau com aqueles buracos diferentes — nem não se carecia de prato nenhum, nem travessa, nenhuma vasilha nenhuma —; ele Miguilim podia ir cauteloso, levar para o pai. Em mal que o Dito não acompanhava de vir junto, porque dois meninos nunca que dá certo, fazem arte. E o caminhozinho descia, beirava a grota. Põe os olhos pra diante, Miguilim! Em ia contente, levava um brio, levava destino, se ria do grosso grito dos papagaios voantes, nem esbarrou para merecer uma grande arara azul, pousada comendo grêlos de árvore, nem para ouvir mais o guaxe de rabo amarelo, que cantava distinto, de vezinha não cantava, um estádio: só piava, pra chamar fêmea. De daí, Miguilim tinha de traspassar um pedaço de mato. Não curtia medo, se estava tão perto de casa. Assim o mês era só meios de novembro, mas por si pulavam caindo no chão as frutinhas da gameleira. O joá-bravo em rôxo florescia — seus lenços rôxos, fuxicados. E ali nem tinha tamanduá nenhum, tamanduá reside nas grotas, gostam de lugar onde tem taboca, tamanduá arranha muito a casca das árvores. A bem que estúrdio ele tamanduá é, tem um ronco que é um arquêjo, parece de porco barrão, um arquêjo soluçado. Miguilim não tinha medo, mas medo nenhum, nenhum, não devia de. Miguilim saía do mato, destemido. Adiante, uma maria-faceira em cima do voo assoviava — ia ver as águas das lagôas. O curiol ainda recantava, em mesmo, na primeirinha árvore perto do mato. Miguilim não virava a cara para espiar, faltava prazo. Os passarinhos são assim, de propósito: bonitos não sendo da gente. A pra não se ter medo de tudo, carecia de se ter uma obrigação. Aí ele andava mais ligeiro, instantinho só, chegava na rocinha.

O pai estava lá, capinando, um sol batia na enxada, relumiava. Pai estava suado, gostava de ver Miguilim chegando com a comida do almoço. Tudo estava direitim direito, Pai não ralhava. Se sentava no toco, para principiar a comer. Miguilim sentava perto, no capim. Gostava do Pai, gostava até pelo barulhinho d'ele comendo o de-comer. Pai comia e não conversava. Miguilim olhava. A roça era um lugarzinho descansado bonito, cercado com uma cerquinha de varas, mò de os bichos que estragam. Mas muitas borboletas voavam. Afincada na cerca tinha uma caveira inteira de boi, os chifres grandes, branquela, por toda bôa-sorte. E espetados em outros paus da cerca, tinha outros chifres de boi, desparelhados, soltos —: que ali ninguém não botava mau-olhado! As feições daquela caveira grande de boi eram muito sérias. Aí uma nhambuzinha ia saindo, por embora, acautelada com as perninhas no meio do meloso, passou por debaixo da tranqueira. A nhambuzinha ainda quis remirar para trás, sobressaía aqueles olhos da cor de ferrugem. Pai tinha plantado milho, feijão, batata-dôce, e tinha uns pés de pimenteira. Mas, em outros lugares, também, de certo ele plantava arrozal, algodão, um mandiocal grande que tinha. Miguilim tirava os carrapichos presos na roupa. As folhas de batata-dôce estavam picadas: era um besourinho amarelo que tudo furava. Pai tinha uma lata d'água, e uma cabaça com rolha de sabuco, mais tinha um coité, pra beber. Mesmo muitos mosquitos, abêlhas e avêspas inçoavam sem assento, o barulhim deles zunia. Pai não falava.

— Pai, quando o senhor achar que eu posso, eu venho também, ajudar o senhor capinar roça...

Pai não respondia nada. Miguilim tinha medo ter falado bobagem faltando ao respeito.

— Estou comido, regalo do corpo e bondade de Deus. Agora volta p'ra casa, menino, caça jeito no caminho não fazer arte.

Miguilim pegava o tabuleirinho vazio, tomava a benção a Pai, vinha voltando. Chegasse em casa, uma estória ao Dito ele contava, mas estória toda nova, dele só, inventada de juízo: a nhá nhambuzinha, que tinha feito uma roça, depois vinha colher em sua roça, a Nhá Nhambuzinha, que era uma vez! Essas assim, uma estória — não podia? Podia, sim! — pensava em seo Aristeu... Sempre pensava em seo Aristeu — então vinha ideia de vontade de poder saber fazer uma estória, muitas, ele tinha! Nem não devia de ter medo de atravessar o mato outra vez, era só um matinho bobo, matinho pequeno trem--atôa. Mas ele estava nervoso, transparecia que tinha uma coisa, alguém, escondido por algum, mais esperando que ele passasse, uma pessôa? E era! Um vulto, um homem, saía de detrás do jacarandá-tã — sobrevinha para riba dele Miguilim — e era Tio Terêz!...

Miguilim não progredia de formar palavra, mas Tio Terêz o abraçava, decidido carinhoso. — "Tio Terêz, eu não vou morrer mais!" — Miguilim então também desexclamava, era que nem numa porção de anos ele não tivesse falado.

— "De certo que você não vai morrer, Miguilim, em de ouros! Te tive sempre meu amigo? Conta a notícia de todos de casa: a Mãe como é que vai passando?"

E Miguilim tudo falava, mas Tio Terêz estava de pressa muito apurado, vez em quando punha a cabeça para escutar. Miguilim sabia que Tio Terêz estava com medo de Pai. — "Escuta, Miguilim, você alembra um dia a gente jurou ser amigos, de lei, leal, amigos de verdade? Eu tenho uma confiança em você..." — e Tio Terêz pegou o queixo de Miguilim, endireitando a cara dele para se olharem. — "Você vai, Miguilim, você leva, entrega isto aqui à Mãe, bem escondido, você agarante?! Diz que ela pode dar a resposta a você, que mais amanhã estou aqui, te espero..." Miguilim nem paz, nem pôde, perguntou nada, nem teve tempo, Tio Terêz foi falando e exaparecendo nas árvores. Miguilim sumiu o bilhete na algibeira, saiu quase corre-corre, o quanto podia, não queria afrouxar ideia naquilo, só chegar em casa, descansar, beber água, estar já faz-tempo longe dali, de lá do mato.

— Miguilim, menino, credo que sucedeu? Que que está com a cara em ar?

— Mesmo nada não, Mãe. Gostei de ir na roça, demais. Pai comeu a comida...

O bilhete estava dobrado, na algibeira. O coração de Miguilim solava que rebatia. De cada vez que ele pensava, recomeçava aquela dúvida na respiração, e era como estivesse sem tempo. — "Miguilim está escondendo alguma arte que fez!" "— Foi não, Vovó Izidra..." "— Dito, quê que foi que o

Miguilim arrumou?!" "— Nada não, Vovó Izidra. Só que teve de passar em matos, ficou com medo do capêta..."

Pois agora iam ajudar Mãitina a arrancar inhame p'ra os porcos. Buscavam os inhames na horta, Mãitina cavacava com o enxadão, eram uns inhames enormes. Mãitina esbarrava, pegava própria terra do chão com os dedos do pé dela, falava coisas demais de sérias. Quase nada do que falava, com a boca e com as duas mãos pretas, a gente bem não aproveitava. Ela mascava fumo e enfiava também mecha de fumo no nariz, era vício. — "Dito, por que foi que você falou aquilo com Vovó Izidra?" "— Em tempo que não te auxiliei, Miguilim?" "— Mas por quê que você inventou no capêta, Dito? Por que?!" "— É porque do capêta todos respeitam, direito, até Vovó Izidra." O Dito suspendia um susto na gente — que sem ser, sem saber, ele atinava com tudo. Mas não podia contar nada a ninguém, nem ao Dito, para Tio Terêz tinha jurado. Nem ao Dito! Custava não ter o poder de dizer, chega desnorteava, até a cabeça da gente doía. Mas não podia entregar o bilhete à Mãe, nem passar palavra a ela, aquilo não podia, era pecado, era judiação com o Pai, nem não estava correto. Alguém podia matar alguém, sair briga medonha, Vovó Izidra tinha agourado aquelas coisas, ajoelhada diante do oratório — do demônio, de Caim e Abel, de sangue de homem derramado. Não falava. Rasgava o bilhete, jogava os pedacinhos dentro do rego, rasgava miúdo. E Tio Terêz? Ele tinha prometido ao Tio Terêz, então não podia rasgar. Podia estar escrito coisa importante exata, no bilhete, o bilhete não era dele. E Tio Terêz estava esperando lá, no outro dia, saindo de detrás das árvores. Tio Terêz tinha falado feito numa estória: — "... amigos de todo guerrear, Miguilim, e de não sujeitar as armas?!..." Então, então, não ia, no outro dia, não ia levar a comida do Pai na roça, falava que estava doente, não ia...

Mesmamente que acabavam a arrancação de inhames, aí Mãitina chamava a gente, puxava, resumindo uma conversa ligeira, resmungada, aquela feia fala, eles dois tinham de ir com ela até na porta do acrescente. Quê que queria? Pois, vai, mexia em seus guardados, vinha com rodelão de cobre-de-quarenta na palma-da-mão, demostrava aquele dinheiro sujoso, falava, falava, de ventas abertas, toda aprumada em sobres. — "Que ela quer é cachaça! Que está dizendo dá o cobre, a gente furtar pra ela um gole, um copo, do restilo que Pai tem..." O Dito espertava Miguilim para correrem, os dois escapuliam, Mãitina parava de lá, zurêta, sapateava, até levantava de ofensa a saia, presentava o sesso, aquelas pernas pretas, pernas magras, magras. — "O que é que vocês estão fazendo com a negra?" — a Rosa gritava. — "Olha, ela arruma em vocês malefício de ato, põe o que põe!" A Rosa temia toda qualidade de praga e de feitiçaria.

No curral, o vaqueiro Jé já tinha reunido todos os burros e cavalos, que estava tratando, o cavalinho pampa semelhava doente, sangrado na cia e desistido de sacudir os cabos. — "Aprende, Dito: pisadura que custa mais para sarar, é a no rim e a na charneira..." Miguilim gostava de esperar perto do cocho, perto deles — os cavalos que sopram quente. Nos mais mansos, o vaqueiro Jé deixava a gente montar, em pelo, um em um. — "Vocês me honrem, ãã!? Não facilitem..." Desde, desde, se ia até lá adiante, a porto nos coqueiros, se voltava. Devoava uma alegria. Era a coisa melhor. O Dito montava no Papavento, que era baio--amarelo, cor de terra de ivitinga; Miguilim montava no Preto, que era preto mesmo, mas Mãe queria mudar o nome dele para Diamante. O vaqueiro Jé dava a cada um um ramo verde, para bater. Tomèzinho se escaldava, burrando birra, por não poder montar, ele só. Miguilim todo o tempo quase não pensava no bilhete, resolvia deixar para pensar no outro dia, manhã cêdo. Um que outro gavião, quando pousavam gritavam. Alto, os altos, uns urubús. — *"Vai fazer tua casa, arubú! Tempo de chuva envém, arubú!..."* Esses iam. "— Êta, apostar quem corre mais, Miguilim?" — "Não, Dito, vaqueiro Jé disse que a gente deve de não correr..." Depois das piteiras, com aquelas verdes pontas, aquelas flores amarelas, principiava o pasto, depois do jacarandá-violeta. Tinha aquelas árvores... De já, tinha um boi vermelho, boi laranjo, esbarrado debaixo do alto tamboril. Tantas cores! Atroado, grosso, o môo de algum outro boi. O Dito então aboiava. Miguilim queria ver mais coisas, todas, que o olhar dele não dava. — "Pai é dono, Dito, de mandar nisso tudo, ah os gados... Mas Pai desanima de galopar nunca, não vem vaquejar boiadas..." "— Pai é dono nenhum, Miguilim: o gadame é dum homem, Sô Sintra, só que Pai trabalha ajustado em tomar conta, em parte com o vaqueiro Salúz." "— Sei e sei, Dito. Eu sabia... Mas então é ruim, é ruim..." "— Mais, mesmo, também, Pai não consegue de muito montar, ele não aguenta campeio. Pai padece de escandescência." — "Eu sabia, Dito. Só a mal eu esqueci..." O Dito aboiava de endiabrado certo, que nem fosse um homem, estremecido. "— Dito, mesmo você acha, eu sou bôbo de verdade?" "— É não, Miguilim, de jeito nenhum. Isso mesmo que não é. Você tem juízo por outros lados..." Vinham voltando, cruzavam com o vaqueiro Jé, montado no cavalo Cidrão, carregando Tomèzinho adiante e com a Chica na garupa. A Chica punha os dedinhos na boca, os beijos ela jogava. — "Quem ensinou fazer isso, Chica?" "— Mãe mesma que ensinou, ah!" Amável que era tão engraçadinha, a Chica, todas as vezes, as feições de ser.

— "Dito, como é que a gente sabe certo como não deve de fazer alguma coisa, mesmo os outros não estando vendo?" "— A gente sabe, pronto." Zerró e Julim perseguiam atrás das galinhas-d'angola. Tomèzinho jogou uma pedra na perna do Floresto, que saíu, saindo, cainhando. Tomèzinho teve de ir ficar de castigo. No castigo, em tamborete, ele não chorava, daí deixava de pirraçar: mais de repente virava sisudo, casmurro — tão pequetitinho assim, e assombrava a gente com uma cara sensata de criminoso. — "Rosa, quando é que a gente sabe que uma coisa que vai não fazer é malfeito?" "— É quando o diabo está por perto. Quando o diabo está perto, a gente sente cheiro de outras flores..." A Rosa estava limpando açúcar, mexendo no tacho. Miguilim ganhava o ponto de puxa, numa cuia d'água; repartia com o Dito. "— Mãe, o que a gente faz, se é mal, se é bem, ver quando é que a gente sabe?" "— Ah, meu filhinho, tudo o que a gente acha muito bom mesmo fazer, se gosta demais, então já pode saber que é malfeito..." O vaqueiro Jé descascava um ananás branco, a eles dava pedaço. — "Vaqueiro Jé: malfeito como é, que a gente se sabe?" "— Menino não carece de saber, Miguilim. Menino, o todo quanto faz, tem de ser mesmo é malfeito..." O vaqueiro Salúz aparecia tangendo os bezerros, as vacas que berravam acompanhavam. Vaqueiro Salúz vinha cantando bonito, ele era valente geralista. A ele Miguilim perguntava. "— Sei se sei, Miguilim? Nisso nunca imaginei. Acho quando os olhos da gente estão querendo olhar para dentro só, quando a gente não tem dispor para encarar os outros, quando se tem medo das sabedorias... Então, é mal feito." Mas o Dito, de ouvir, ouvir, já se invocava. "— Escuta, Miguilim, esbarra de estar perguntando, vão pensar você furtou qualquer trem de Pai." "— Bestagem. O cão que eu furtei algum!" "— Olha: pois agora que eu sei, Miguilim. Tudo quanto há, antes de se fazer, às vezes é malfeito; mas depois que está feito e a gente fez, aí tudo é bem-feito..." O Dito, porque não era com ele. Fosse com ele, desse jeito não caçoava.

Desde estavam brincando de jogar malha, no pátio, meio de tardinha. Era com dois tocos, botados em pé, cada um de cada lado. A gente tinha de derrubar, acertando com uma ferradura velha, de distância. Duma banda o Dito, mais vaqueiro Salúz, da outra Miguilim mais o vaqueiro Jé. Mas Miguilim não dava para jogar direito, nunca que acertava de derribar. — "Faz mal não, Miguilim, hoje é dia de são-gambá: é de branco perder e preto ganhar..." — o vaqueiro Jé consolava. Mas Miguilim não enxergava bem o toco, de certo porque estava com o bilhete no bolso, constante que em Tio Terêz não queria pensar. Essa hora, Pai tinha voltado da roça, estava lá dentro, cansado, deitado na rede macia de buriti, perto de Mãe, como cochilava. Miguilim forcejava, não queria, mas a ideia da gente não tinha fecho. Aquilo, aquilo. Pensamentos todos descem por ali a baixo. Então, ele não queria, não ia pensar — mas então carecia de torar volta: prestar muita atenção só nas outras coisas todas acontecendo, no que mais fosse bonito, e tudo tinha de ser bonito, para ele não pensar — então as horas daquele dia ficavam sendo o dia mais comprido de todos... O Gigão folgazando com Tomèzinho, os dois rolavam no chão, em riba da palha. Aquele fiar fino dos sanhaços e sabiás entorpecia, gaturamo já tinha ido dormir, vez em quando só um bem-te-vi que era que ainda gritava. Zerró, Julim e Seu-Nome estavam deitados, o tempo todo — conforme podia ser notícia de chuva: se diz que, chuva vesprando, cachorro soneja muito. Mas Caráter, Catita, Leal e Floresto corriam espaço, até muito por longe, querendo pegar as bobagens do vento. Miguilim pensava a conversa do Dito. Quando o Dito falou, aquilo devagar ainda podia parecer justo, o Dito sabia tanta coisa tirada de ideia, Miguilim se espantava. Menos agora. Agora, ele escogitava, cismava que não era só assim, o do Dito, achava que era o contrário.

A coisa mais difícil que tinha era a gente poder saber fazer tudo certo, para os outros não ralharem, não quererem castigar. De primeiro, Miguilim tinha medo dos bois, das vacas costeadas. Pai bramava, falava: — "Se um sendo medroso, por isso o gado te estranha, rês sabe quando um está com pavor, qualquer receiozinho, então capaz mesmo que até a mansa vira brava, com vontades de bater..." Pois isso, outra vez, Miguilim sabia que a gente não tivesse medo não tinha perigo, não se importou mais, andou logo por dentro da boiada, duma boiada chegada, poeira de boi. Daí, foi um susto, veio Pai, os vaqueiros vieram, com as varas, carregaram com ele Miguilim pra o alpendre, passavam muito ralho. — "Menino, diabo, demonim! Tu entra no meio desse gado bruto, que é outro, tudo brabeza dos Gerais?! Sei como não sentaram chifre, não te espisaram!..." De em diante, Miguilim tudo temeu de atravessar um pasto, a tiro de qualquer rês, podia ser brava podia ser mansa, essas coisas. Mas agora Miguilim queria merecer paz dos passados, se rir seco sem razão. Ele bebia um golinho de velhice.

— "Você hoje está honrador, Miguilim, assoprado solerte!" Vaqueiro Salúz era que estava para vadiar, desusado de vaqueiro. Miguilim não queria ficar sozinho de coisa nenhuma. Agora jogavam peteca, atôa. Vaqueiro Salúz fez uma peteca de palha-de-milho, espetou penas de galinhas. A Chica e Tomèzinho divertiam com os bezerros, Tomèzinho apartava um mais sereno, montava, de primeiro Miguilim também gostava daquilo. Os bezerros também brincavam uns com os outros, de dar pinotes, os coices, e marradas — zupa que estralavam, os garrotinhos se escornando, chifreando — conforme fazem esse sistema. Tinha uma bezerrinha, tão nascida pequena, a filha da Atucã, e era aspra, zangosa, feito uma vaquinha brava: investia de lá, vinha na Chica. — "Nem, nem, nem, Tucaninha? Me quer-bem de me matar?!" A Chica nunca aceitava medo de nada. O Dito botava um milho para os cavalos. Sobreescurecia. Devoavam em az os morcegos, que rodopêiam. O vaqueiro Jé acendia um foguinho de sabucos, quase encostado na casa, o fôgo drala bonito, todos catavam mais sabucos, catavam lenha para se queimar. Um cavalo vinha perto, o Dito passava mão na crina dele. A gente nem esperando, via vagalume principiando pisca. — "Teu lume, vagalume?" Eram tantos. Sucedeu um vulto: de ser a coruja--branca, asas tão moles, passou para perto do paiol, o voo dela não se ouvia. — "Ri aqui, Xandoca velha, que eu te sento bala!..." De trás de lá, no mato da grota, mãe-da-lua cantava: — *"Floriano, foi, foi, foi!..."* Miguilim seguia o existir do cavalo, um cavalo rangendo seu milho. Aquele cavalo arreganhava. O vaqueiro Salúz contava duma caçada de veado, no Passo do Perau, em beiras. Estava na espera melhor, numa picada de samambaias, samambaia alta, onde algum roçado tinha tido. Veado claro do campo: um suassú-tinga, em éra. Vaqueiro Salúz produzia: — "O bicho abre — ele ganhou uma dianteira... Os cachorros maticavam, piando separados: — *Piu, piu... Ução, ução, ução...*" A cachorrada abre o eco, que ninguém tem mão... Veado foi acuado num capão-de-mato, não quis entrar no mato... Aí o veado tomou o chumbo, ajoelhou pulou de lado, por riba da samambaia... A gente abria o veado, esvaziava de tripas e miúdos, mò de ficar leve p'ra se carregar. Seo Aristeu estava lá, divertido. — "Você inda aprecêia de caçar, Miguilim. Quer vir junto?" Miguilim queria, não queria. — "Quem sabe um dia eu quero, Pai vai me levar..." O vaqueiro Jé, p'ra o pito, pegava um tição. Tomèzinho assanhava as sombras no nú da parede. A noite, de si, recebia mais, formava escurão feito. Daí, dos demais, deu tudo vagalume. — "Olha quanto mija-fôgo se desajuntando no ar, bruxolim deles parece festa!" Inçame. Miguilim se deslumbrava. — "Chica, vai chamar

Mãe, ela ver quanta beleza…" Se trançavam, cada um como que se rachava, amadurecido quente, de olho de bago; e as linhas que riscavam, o comprido, naquele uauá verde, luzlino. Dito arranjava um vidro vazio, para guardar deles vivendo. Dito e Tomèzinho corriam no pátio, querendo pegar, chamavam: — *"Vagalume, lume, lume, seu pai, sua mãe, estão aqui!…"* Mãe minha Mãe. O vagalume. Mãe gostava, falava, afagando os cabelos de Miguilim: — "O lumêio deles é um acenado de amor…" Um cavalo se assustava, com medo que o vagalume pusesse fôgo na noite. Outro cavalo patalava, incomodado com seu corpo tão imóvel. Um vagalume se apaga, descendo ao fundo do mar. — "Mãe, que é que é o mar, Mãe?" Mar era longe, muito longe dali, espécie duma lagôa enorme, um mundo d'água sem fim, Mãe mesma nunca tinha avistado o mar, suspirava. — "Pois, Mãe, então mar é o que a gente tem saudade?" Miguilim parava. Drelina espiava em sonho, da janela. Maria Pretinha e a Rosa tinham vindo também.

Mas chegava a noite de dormir, Miguilim esperdiçava as coisas todas do dia. O Dito guardou debaixo da cama a garrafa cheia de vagalumes. — "Miguilim, você hoje não tirou calça." "— Amola não, Dito. Tou cansado." Mas antes tinha carecido de lavar os pés: quem vai se deitar em estado sujo, urubú vem leva. Também, tudo que se fazia transtornava preceito. Amanhã, Pai estava lá na roça… O Dito sabia não, deitado no canto. Todos outros pensamentos, menos esse, o Dito pensava. Ele ainda estava deitado de costas, vez em quando fungava um assopro brando, já devia de ter rezado suas três ave-marias sem rumor. Agora, o que era que ele pensava? Essas horas, bem em beira do sono, o Dito, mesmo irmão, mesmo ali encostado, na cama, e ficava parecendo quase que outra pessôa, um estranho, dividido da gente. O Dito era espertadozinho, mas acomodado. Nunca que ele falava por mal. — "Dito?" "— O quê, Miguilim?" "— Nú só é que a gente não deve de dormir, anjo-da-guarda vai s'embora… Mas calça a gente pode não se tirar…" "Eu sei, Miguilim." O Dito resumia de nada. O Dito não brigava de verdade com ninguém, toda vez de brigar ele economizava. Miguilim sempre queria não brigar, mas brigava, derradeiramente, com todos. Tomara a gente ser, feito o Dito: capaz com todos horários das pessôas… — "Dito? Não tiro a calça hoje, pois porque foi uma promessa que eu fiz…" "— Uê, Miguilim…" Ele não acreditava? "— Miguilim? Foi pra as almas-do-purgatório que você fez?" O Dito se rebuçava. Miguilim também se rebuçava. O bilhete estava ali na algibeira, até medo de botar a mão, até não queria saber, amanhã cêdo ele via se estava. Rezava, rezava com força; pegava um tremor, até queria que brilhos doêssem, até queria que a cama pulasse. Conseguia era outro medo, diferente. O Dito já tinha adormecido. O que dormia primeiro, adormecia. O outro herdava os medos, e as coragens. Do mato do Mutúm. Mas não era toda vez: tinha dia de se ter medo, ocasião, assim como tinha dia de mão de tristeza, dia de sair tudo errado mesmo, — que esses e aqueles a gente tinha de atravessar, varar da outra banda. Cuidava de outros medos.

Das almas. Do lobishomem revirando a noite, correndo sete-portêlos, as sete-partidas. Do Lobo-Afonso, pior de tudo. Mal, um ente, Seo Dos-Matos Chimbamba, ele Miguilim algum dia tinha conhecido, desqual, relembrava metades dessa pessôa? Um homem grosso e baixo, debaixo de um feixe de capim seco, sapé? — homem de cara enorme demais, sem pescoço, rôxo escuro e os olhos-brancos… Pai soubesse que ele tinha conversado com Tio Terêz? Ai, mortes! —? Rezava. Do Pitôrro. Um tropeiro vinha viajado, sozinho, esbarrava no meio do campo, por pousar. Aí, ele enxergava, sentado no barranco, homenzinho velho, barbim em queixo, peludo, barrigudo, mais tinha um chapéu-de-couro

Campo Geral

grande na cabeça, homem esse assoviava. Parecia veredeiro em paz. Mas o Homem perguntava se o Tropeiro tinha fumo e palha; mas ele mesmo secundava da algibeira um cachimbo que tinha, socava de fumo, acendia esquentado. Soltava fumaceira, de dentro indagava, com aquela voz que ia esticando, cada ponto mais perguntadeira, desonrosa: — "Seor conhece o Pitôrro?" Botava outras fumaças: — "Seor conhece o Pitôrro?!" E ia crescendo, de desde, transformava um monstro Homem, despropósito. — "Não conheço Pitôrro, nem mãe, nem pai de Pitôrro, nem diabo que os carregue em nome de Se' J'us Cristo amém!..." — o Tropeiro exclamava, riscava no chão o signo-salomão, o Pitôrro com enxofres breus desrebentava: ele era o "Menino", era o Pé-de-Pato. — "Com Deus me deito, com Deus me levanto!" — jaculava Miguilim; e não pegava de ver a ponta do sono em que se adormecia.

Tanto que amanheceu, e que as poucas horas se agravaram, pobres pezinhos de Miguilim, no outro dia, caminhando pronto e vagaroso, passeiro para o curto do mato, arregalado em sua aflição. Se abobava? Deu ar: que Pai hoje estava capinando noutra roça — ah, que era bom! Mas, não, que nem não era bom, não remediava. A outra roça era mais adiante, mas o caminho sendo o mesmo, Miguilim tinha por-toda-a-lei de atravessar o matinho, lá Tio Terêz estava em pé esperando. Consoante que se sobreformava um céu chuvo, dia feio, bronho. Miguilim carregava à cabeça o tabuleirinho. E não chorava. Que ninguém visse, ninguém podia ver: por fora ele não chorava. Tinha pensado tudo que podia dizer e não fazer? Não tinha. — "Tio Terêz, eu entreguei o bilhete a Mãe, mas Mãe duvidou de me dar a resposta..." Ah, de jeito nenhum, podia não, era levantar falso à Mãe, não podia. Mas então não achava escape, prosseguia sem auxílio de desculpa, remissão nenhuma por suprir. Sem tempo mais, sem o solto do tempo, e o tamanho de tantas coisas não cabia em cabeça da gente… Ah, meu-deus, mas, e fosse em estória, numa estória contada, estoriazinha assim ele inventando estivesse — um menino indo levando o tabuleirinho com o almoço — e então o que era que o Menino do Tabuleirinho decifrava de fazer? Que palavras certas de falar?! — "… Tio Terêz, Vovó Izidra vinha, raivava, eu rasguei o bilhete com medo d'ela tomar, rasguei miudinhos, tive de jogar os pedacinhos no rego, foi de manhãzinha cedo, a Rosa estava dando comida às galinhas…" — "Tio Terêz, a gente foi a cavalo, costear o gado nesses pastos, passarinhos do campo muito cantavam, o Dito aboiava feito vaqueiro grande de toda-a-idade, um boi rajado de pretos e verdes investiu para bater, de debaixo do jacarandá-violeta, ái, o bilhetezinho de se ter e não perder eu perdi…" Mas, aí, Tio Terêz não era da estória, aí ele pega escrevia outro bilhete, dava a ele outra vez; tudo, pior de novo, recomeçava. — "Tio Terêz, eu principiei querer entregar a Mãe, não entreguei, inteirei coragem só por metade…" Ah, mas, se isso, Tio Terêz não desanimava de nada, recrescia naquela vontade estouvada de pessôa, agarrava no braço dele, falava, falava, falava, não desistia nenhum. Nenhum jeito! Agora Miguilim esbarrava, respirava mais um pouco, não queria chorar para não perder seu pensamento, sossegava os espantos do corpo. E não tinha outro caminho, para chegar lá na roça do Pai? Não tinha, não. Miguilim lá ia. Ia, não se importava. Tinha de ser lealdoso, obedecer com ele mesmo, obedecer com o almoço, ia andando. Que, se rezasse, sem esbarrar, o tempo todo, todo tempo, não ouvia nada do que Tio Terêz falasse, ia andando, rezava, escutava não, ia andando, ia andando… Entrava no mato. Era aquele um mato calado. Miguilim rezava, sem falar alto. Deus vigiava tudo, com traição maior, Deus vaquejava os pequenos e os grandes! E era na volta que o Tio Terêz ia aparecer? Mas não era.

Tio Terêz saía de suas árvores, ousoso macio como uma onça, vinha para cima de Miguilim. Miguilim agora rezava alto, que doideira era aquela? E nem não pôde mais, estremeceu num pranto. Sacudia o tabuleirinho na cabeça, as lágrimas esparramaram na cara, sufocavam o fôlego da boca, ele não encarava Tio Terêz e rezava. — "Mas, Miguilim, credo que isso, quieta!? Quê que você tem, que foi?!" "— Tio Terêz, eu não entreguei o bilhete, não falei nada com Mãe, não falei nada com ninguém!" "— Mas, por que, Miguilim? Você não tem confiança em mim?!" "— Não. Não. Não! O bilhete está aqui na algibeira de cá, o senhor pode tirar ele outra vez..." Tio Terêz duvidava um espaço, depois recolhia o bilhete do bolso de Miguilim, Miguilim sempre com os bracinhos levantados, segurando na cabeça o tabuleirinho com a comida, outra vez quase não soluçava. Tio Terêz espiava o bilhete, que relia, às tristes vezes, feito não fosse aquele que ele mesmo tinha fornecido. Daí olhou para Miguilim, de dado relance, tirou um lenço, limpou jeitoso as lágrimas de Miguilim. — "Miguilim, Miguilim, não chora, não te importa, você é um menino bom, menino direito, você é meu amigo!" Tio Terêz estava com a camisa de xadrezim, assim o tabuleiro na cabeça empatava de Tio Terêz poder dar abraço. — "Você é que está certo, Miguilim. Mais não queira mal ao seu Tio Terêz, nem fica pensando..." Tio Terêz falava tantas outras coisas; comida de Pai não estava por demais esfriando? Tio Terêz dizia só tinha vindo por perto para dar adeus, pois que ia executar viagem, por muito distante. Tio Terêz beijava Miguilim, de despedida, daí sumia por entre o escuro das árvores, conforme que mesmo tinha vindo.

Miguilim chorava um resto e ria, seguindo seu caminhinho, saía do mato, despois noutro mato entrava, maior, a outra rocinha de Pai devia de se ser mais adiante por ali, ao por pouco. E Miguilim andava aligeirado, desesfogueado, não carecia mais de pensar! Só um caxinguelê ruivo se azougueou, de repentemente, sem a gente esperar, e já de ah subindo p'la árvore de jequitibá, de reta, só assim esquilando até em cima, corisco, com o rabãozinho bem esticado para trás, pra baixo, até mais comprido que o corpo — meio que era um peso, para o donozinho dele não subir mais depressa do que a árvore... Miguilim por um seu instante se alegrou em si, um passarinho cantasse, dlim e dlom.

Mas o mato mudava bruto, no esconso, mais mato se fechando. Miguilim andara demais longe, devia de ter depassado o ponto da roça nova. Esbarrou. Tinham mexido em galho — mas não era outro serelepe, não.

Susto que uns estavam conversando cochicho, depressa, fervido, davam bicotas. Vulto de vaqueiro encourado, acompanhado de outro, escorregou pelas folhagens, de sonsagato, querendo mais escondido. Desordem de ameaça, que disse-disse, era lá em cima: um frito de toicinho, muitos olhos estalavam, no mioloso. E destravavam das árvores, repulando, vindo nele? — *A cô!* — Miguilim tinha não aguentado mais, tiçou tabuleiro no chão, e abriu correndo de volta, aos gritos de quero mãe, quero pai, foi — como que nem sabia como que — mais corria.

De supetão, o Pai — aparecido — segurava-o por debaixo dos braços, Miguilim gritava e as perninhas ainda queriam sempre correr, o Pai ele não tinha reconhecido. Mas Pai carregava Miguilim suspendido alto, chegava com ele na cabeceira da roça, dava água na cabaça, pra beber. Miguilim bebia, chorava e cuspia. — "Que foi que foi, Miguilim? Qu'é de o almoço?" Junto com o Pai, estava o outro homem, sem barba nenhuma, que pegava na mão de Miguilim, e ria para ele, com os olhos alumiados. Quando Miguilim contou o caso do mato, Pai e o outro espiaram o ar, todos sérios, tornaram a olhar para Miguilim. Com Pai ali, Miguilim tinha medo não, isto é tinha e não tinha. — "A gente vamos lá!" — o Pai disse. Eles estavam com as armas. Miguilim vinha caminhando, meio atrás deles dois.

Mas, que mal iam chegando lá onde tinha sido aquele lugar, e Pai e o outro homem desbandeiravam de rir, se descadeiravam, tomavam bom espanto: bicho macaco se escapuliam de pra toda banda, só guinchos e discussão de assovio, cererê de mão em mão no chão, assunga rabo, rabo que até enroscavam para dependurar, quando empoleiravam, mais aqueles pulos maciinhos, de árvore em árvore — tudo mesmo assim ainda queriam ver, e pouco fugiam. Mas, no alto meio, agarrado com as mãos em dois galhos, senhor um mandava, que folhassem e azulassem mostrando as costas com toda urgência. Capela de macacos! Miguilim entendia, juntou as pernas e baixou a cara, Pai agora o ia matar, por ter perdido o caráter, botado fora o almoço. Mas Pai, se rindo com o outro homem, disse, sem soltura de palavras, sem zanga verdadeira nenhuma: — "Miguilim, você é minhas vergonhas! Mono macaco pôde mais do que você, eles tomaram a comida de suas mãos..." E não quiseram matar macacos nenhuns. Também, não fazia grande mal, ia começar a chover, careciam mesmo de voltar para casa. Miguilim pegou o tabuleirinho — os macacos tinham comido o de-comer todo.

Sofria precisão de conversar com o Dito, assim que o Pai terminasse de contar tantas vezes a estória dos macacos, todos riam muito, mas ele Miguilim não se importava, até era bom que rissem e falassem, sem ralhar. — "Miguilim? Se encontrou com padrinho Simão, correu ensebado, veadal... Chorou a água de uns três cocos..." — Pai caçoava. Quando Pai caçoava, então era porque Pai gostava dele.

Mas carecia de ficar sozinho com o Dito. Tinha aprendido o segredo de uma coisa, valor de ouro, que aumentava para sempre seu coração. — "Dito, você sabe que quando a gente reza, reza, reza, mesmo no fogo do medo, o medo vai s'embora, se a gente rezar sem esbarrar?!" O Dito olhava para ele, desconvindo, só que não tinha pressa de se rir: — "Mas você não correu dos macacos, Miguilim, o que Pai disse?" Agora via que nisso não tinha pensado: não podia contar ao Dito tudo a respeito do Tio Terêz, nem que ele Miguilim tinha sido capaz de não entregar o bilhete, e o que Tio Terêz tinha falado depois, de louvor a ele, tudo. Ah, aí Miguilim nunca pensou que ia penar tanto, por não dizer, cão de que tinha de ficar calado! O Dito escorria no nariz, com um defluxo, ele repensava, muito sério. Tirou um pedaço de rapadurinha preta do bolso, repartiu com Miguilim. Depois, falou: — "Mas eu sei, que é mesmo. Aquilo que você perguntou." "— Então, quando você está com medo, você também reza, Dito?" "— Rezo baixo, e aperto a mão fechada, aperto o pé no chão, até doer…" "— Por que será, Dito?" "— Eu rezo assim. Eu acho que é por causa que Deus é corajoso."

O Dito, menor, muito mais menino, e sabia em adiantado as coisas, com uma certeza, descarecia de perguntar. Ele, Miguilim, mesmo quando sabia, espiava na dúvida, achava que podia ser errado. Até as coisas que ele pensava, precisava de contar ao Dito, para o Dito reproduzir, com aquela força séria, confirmada, para então ele acreditar mesmo que era verdade. De donde o Dito tirava aquilo? Dava até raiva, aquele juízo sisudo, o poder do Dito, de saber e entender, sem as necessidades. Tinha repente de judiar com o Dito: — "Mas eles não deixam você levar comida em roça, acham você não é capaz…" O Dito não se importava. Comia o restante de rapadura, com tanto gosto, depois limpou a mão na roupa. — "Miguilim — ele disse — você lembra que seo Aristeu falou, os macacos conversaram? Eu acho que foi de verdade." Aí, começava a chover, chuva dura entortada, de chicote. Destampava que chovia, da banda de riba. O mato do morro do Mutúm em branco morava.

Pai ainda estava na sala, acabando almoço com o outro homem, o vaqueiro Salúz disse: topara com seo Deográcias. O Patorí, filho dele, tinha matado assassinado um rapaz, dez léguas de lá do Côcho, noutro lugar. Vaqueiro Salúz redondeava: — "Que faz dias, que foi..." Seo Deográcias estava revestido de preto, envelhecido com os cabelos duma hora para outra, percorrendo todas as veredas, e dando aviso às pessôas, dizendo que o Patorí não queria assassinar, só que estavam experimentando arma-de-fôgo, a garrucha disparou, o rapazinho morreu depressa demais. O Patorí esquipou no mundo, de si devia de estar vagando, campos. Seo Deográcias pedindo, a todos, para cercarem sem brutalidade. Seo Deográcias só perguntava, repetidas, se não achavam que o Patorí, sendo sem idade e sem culpa governada, não devia de escapar de cadeia, se não chegava ser mandado para a Marinha, em Pirapora, onde davam escola de dureza para meninos apoquentados.

O homem que tinha vindo junto, Pai dizia que ele era o Luisaltino. Conhecido bom amigo, deixado de trabalhar na Vereda do Quússo, meeiro, mas agora ia passar os tempos morando em casa, plantar roça com Pai. E era até bom, outro homem de respeito, mais garantido. Carecia de se pensar naqueles criminosos que andavam soltos no Gerais, feito, por um exemplo, o Brasilino Boca-de-Bagre. Mãe, Vovó Izidra, todas acho que concordavam.

Esse Luisaltino aceitou água para beber; mas primeiro bochechou, com um gole, e botou fora. Será que tinha facão? Miguilim espiou aberto para o Dito: do fim da conversa de seo Aristeu se lembrava. Será que tinha espirrado, três vezes? Miguilim não reparara. Mas não podia que ser? Devia. Assunto de Miguilim, se assustando: se devia de dar aviso ao Dito, aviso a todos — para ninguém não comer coisas nenhumas, o que o Luisaltino oferecesse. E bom que o Luisaltino ainda não dormia lá, naquela noite, mais primeiro tinha de ir buscar a trouxa e os trens, numa casa, na beira do Ranchório. Só retardava de beber o café, e que a chuva melhorasse.

A Chica também estava esperando: tinha tirado amolecido mais um dentinho de diante, quando estiasse careciam de jogar o dente no telhado, para ela, dizendo: — *"Mourão, Mourão, toma este dente mau, me dá um dente são!..."* A Chica agora ria tão engraçado; então dizia que, fosse menino-homem, batia no Dito e em Miguilim. Drelina mandava que ela tivesse modo. Drelina ficava olhando muito para Luisaltino, disse depois que ele era um moço muito bonito apessoado. Tomèzinho estava no alpendre, conversando com um menino chamado o Grivo, que tinha entrado para se esconder da chuva. Esse menino o Grivo era pouquinho maior que Miguilim, e meio estranhado, porque era pobre, muito pobre, quase que nem não tinha roupa, de tão remendada que estava. Ele não tinha pai, morava sozinho com a mãe, lá muito para trás do Nhangã, no outro pé do morro, a única coisa que era deles, por empréstimo, era um coqueiro buriti e um olho-d'água. Diziam que eles pediam até esmola. Mas o Grivo não era pidão. Mãe dava a ele um pouco de comer, ele aceitava. Ia de passagem, carregando um saco com cascas de árvores, encomendadas para vender. — "Você não tem medo? O Patorí matou algum outro, anda solto dôido por aí..." — Miguilim perguntava. O Grivo contava uma história comprida, diferente de todas, a gente ficava logo gostando daquele menino das palavras sozinhas. E disse que queria ter um cachorro, cachorrinho pequeno que fosse, para companhia com ele, mas a mãe não deixava, porque não tinham de comer para dar. Mas eles tinham galinhas. — "Sem cachorro pra tomar conta, raposinha não pega?" — o Dito perguntava. — "De tardinha, a gente põe as galinhas para dentro de casa..." "— Dentro de sua casa chove?" — perguntava Miguilim. "— Demais." O Grivo tossia, muito. Será que ele não tinha medo de morrer?

Maria Pretinha trazia café para o vaqueiro Salúz. O que sobrava, o Grivo também bebia. Maria Pretinha sabia rir sem rumor nenhum, só aqueles dentes brancos se proseavam. Uma hora ela perguntou pelo vaqueiro Jé. — "Ei, campeando fundo nesse Gerais... Tem muito rancho por aí, pra ele de chuva se esconder!" Mas o vaqueiro Jé tinha levado capanga com paçoca, fome nenhuma não passava. Os cachorros gostavam do sistema do Grivo, vinham para perto, abanando rabo, as patas eles punham no joelho dele. Tomèzinho tinha furtado uma boneca da Chica, escondeu por debaixo duma cangalha. A Chica queria bater, Tomèzinho corria até lá na chuva. O Gigão corria junto, sabia conversar, com uns latidos mais fortes, de molhar o corpo ele mesmo não se importava. — "Dito, eu vou falar com Pai, pra não deixar esse moço morar aqui com a gente." "— Fosse eu, não falava." — "Pois por que, Dito? Você não tem medo de adivinhados?" "— Pai gosta que menino não fale nada desta vida!" Mas Miguilim mesmo não tinha certeza, cada hora tinha menos, cada hora menos. O Dito mais tinha falado: — "Luisaltino não é ruivo. Seo Aristeu não falou? Pai é que é ruivo..." E mesmo Miguilim achava que aquelas palavras de seo Aristeu também podiam ser só parte de uns versos muito antigos, que se cantavam. Agorinha, tinha vontade era de conversar muito com o Dito e o Grivo, juntos, a chuvinha ajudava a gente a conversar. O que ao Grivo ele estava dizendo: que a cachorrinha mais saudosa deste mundo, a Cuca Pingo-de-Ouro, era que o Grivo devia de ter conhecido.

Quando o Luisaltino veio de ficada, trouxe um papagaio manso, chamado Papaco-o-Paco, que sabia muitas coisas. Pai não gostava de papagaio; mas parece que desse um não se importou, era um papagaio que se respeitava. Penduraram a alcândora dele perto da cozinha, ele cantava: *"Olerê lerê lerá, morena dos olhos tristes, muda esse modo de olhar..."* Comia de tudo.

Miguilim agora ia todo dia levar comida na roça, para Pai e Luisaltino. Não pensava em Tio Terêz nem nos macacos; mas também ia com as algibeiras cheias de pedras. Luisaltino prometeu dar a ele uma faquinha. Luisaltino agradava muito a todos. Disse que o Papaco-o-Paco era da Chica, mas o Papaco-o--Paco não gostava constante da Chica, nem de pessôa nenhuma, nem dos meninos, nem do gato Sossõe, nem dos cachorros, nem dos papagaios bravos, que sovoavam. Só gostava era da Rosa, estalava beijos para a Rosa, e a Rosa sabia falar bôazinha com ele: — "Meu Cravo, tu chocou no meio dos matos, quantos ovinhos tinha em teu ninho? Onça comeu tua mãe? Sucruiú comeu teu pai? Onde é que estão teus irmãozinhos?" E Papaco--o-Paco estalava beijos e recantava: *"Estou triste mas não choro. Morena dos olhos tristes, esta vida é caipora..."* Cantava, cantava, sofismado, não esbarrava. A Rosa disse que aquela cantiga se chamava "Mariazinha".

Com taquara e cana-de-flecha, Luisaltino ensinou a fazer gaiolas. O Dito logo aprendeu, fazia muito bem feitinhas, ele tinha jeito nas mãos para aprender. As gaiolas estavam vazias, sanhaço e sabiá do peito vermelho não cantavam presos e o gaturaminho se prendesse morria: mas Luisaltino falou que com visgo e alçapão mais tarde iam pegar passarim de bom cantar: patativo, papa-capim, encontro. Luisaltino conversava sozinho com Mãe. O Dito escutou. — "Miguilim, Luisaltino está conversando com Mãe que ele conhece Tio Terêz…" Mas Miguilim desses assuntos desgostava. De certo que ele não achava defeito nenhum em Luisaltino.

Aqueles dias passaram muito bonitos, nem choveu: era só o sol, e o verde, veranico. Pai ficava todo tempo nas roças, trabalhava que nem um negro do cativeiro — era o que Mãe dizia. E era bom para a gente, quando Pai não estava em casa. A Rosa tinha deitado galinhas: a Pintinha-amarela-na-cabeça, com treze ovos, e a Pintadinha com onze — e três eram ovos de perdiz, silpingados de rôxo no branco; agora não ia ter perigo de melar e dar piôlho nelas, no choco. Também estava chegando ocasião de se fazer presépio, Vovó Izidra mandava vir musgo e barba-de-pau, até o Grivo ia trazer. Vaqueiro Salúz pegou um mico-estrela, se pôs p'ra morar numa cabacinha alevantada na parede, atrás da casa. A Chica brincou uma festa de batizar três bonecas de mentira, para Miguilim, o Dito e Tomèzinho serem os padrinhos. Depois, os vaqueiros estavam chegando de campear, relatavam: — "Os cachorros deram com um tatú-canastra, tão grande! O tatú-canastra joga pedra e terra, tanta, que ninguém chega atrás. Alguém subisse em riba dele, ele não esbarrava de cavacar…" — "Ô bicho que tem força!" — o vaqueiro Jé aprovava. Disse que alguns não comiam tatú-canastra, porque a carne dele tem gosto de flôr. — "Mas a carne dos outros tatús dá uma farofa bôa!" Miguilim então se ria, de tanta poetagem. O vaqueiro Jé, sem-sabido, perguntou: — "Ei, eu fizer a farofa, Miguilim, tu come? Você tem pena do tatú mais não?" "— Pois tenho, demais! Só que agora eu não estava pensando…" Daí Miguilim ficou com um ódio, por aquilo terem perguntado. E o Dito, em encoberto, contou que o vaqueiro Jé tinha abraçado a Maria Pretinha. Doideiras.

A vaca Sinsã pariu um bezerrinho branco, e a Tapira e a Veluda pariram cada-uma uma bezerrinha, igualzinhas das cores delas duas. Siàrlinda, mulher do vaqueiro Salúz, veio, trouxe requeijão moreno e dôce-de-leite que ela fez. Siàrlinda contou estórias. Da Moça e da Bicha-Fera, do Papagaio Dourado que era um Príncipe, do Rei dos Peixes, da Gata Borralheira, do Rei do Mato. Contou estórias de sombração, que eram as melhores, para se estremecer. Miguilim de repente começou a contar estórias tiradas da cabeça dele mesmo: uma do Boi que queria ensinar um segredo ao Vaqueiro, outra do Cachorrinho que em casa nenhuma não deixavam que ele morasse, andava de vereda em vereda, pedindo perdão. Essas estórias pegavam. Mãe disse que Miguilim era muito ladino, depois disse que o Dito também era. Tomèzinho desesperou, porque Mãe tinha escapado de falar no nome dele; mas aí Mãe pegou Tomèzinho no colo, disse que ele era um fiozinho caído do cabelo de Deus. Miguilim, que bem ouviu, raciocinou apreciando aquilo, por demais. Uma hora ele falou com o Dito — que Mãe às vezes era a pessôa mais ladina de todas.

Tudo era bom, às tardes a gente a cavalo, buscando vacas. Dia-de-domingo, cedinho escuro, no morno das águas, Pai e Luisaltino iam lavar corpo no pôço das pedras, menino-homem podia ir junto, carregavam pedaço de sabão de fruta de tinguí, que Mãitina tinha cozinhado. Luisaltino cortava pau-de-pita: abraçado com o leve desse, e com as cabaças amarradas, não se afundava, todo o mundo suspendido n'água, se aprendendo a nadar. Naquele pôço, corguinho-veredinha, não dava peixe, só fingindo de fazer de conta era que se pescava. Mas Vovó Izidra teve de ir dormir na Vereda do Bugre, para servir de parteira; sem

Vovó Izidra a casa ainda ficava mais alegrada. Aí a Rosa levou os meninos todos, variando, se pescou. Só só piabas, e um timburé, feio de formas, com raja, com aquela boquinha esquisita, e um bagre — mole, saposo, arroxeado, parecendo uma posta de carne doente. Mas se pescou; foi muito divertido, a gente brincava de rolar atôa no capim dos verdes. E vai, veio uma notícia meia triste: tinham achado o Patorí morto, parece que morreu mesmo de fome, tornadiço vagando por aquelas chapadas.

Pai largou de mão o serviço todo que tinha, montou a cavalo, então carecia de ir no Cocho, visitar seo Deográcias, visita de tristezas. Então, aquela noite, sem Pai nem Vovó Izidra, foi o dia mais bonito de todos. Tinha lua-cheia, e de noitinha Mãe disse que todos iam executar um passeio, até aonde se quisesse, se entendesse. Êta fomos, assim subindo, para lá dos coqueiros. Mãe ia na frente, conversando com Luisaltino. A gente vinha depois, com os cavalos-de-pau, a Chica trouxe uma boneca. A Rosa cantava silêncio de cantigas, Maria Pretinha conversava com o vaqueiro Jé. Até os cachorros vinham — tirante Seu-Nome, que esse Pai tinha conduzido com ele na viagem. Quando a lua subiu no morro, grandona, os cachorros latiam, latiam. Mãitina tinha ficado em casa, mas ganhou gole de cachaça. Vaqueiro Salúz também ganhou do restilo de Pai, mas veio mais a gente. Drelina disse para a lua: — *"Lua, luar! Lua, luar!"* Vaqueiro Salúz disse que era o demônio que tinha entrado no corpo do Patorí; aí o Dito perguntou se Deus também não entrava no corpo das pessôas; mas o vaqueiro Salúz não sabia. Contava só que todas patifarias de desde menino pequeno o Patorí aprontava: guardava bosta de galinha nas algibeiras dos outros, inventava lélis, lelê de candonga, semeava pó de joão-mole na gente, para fazer coçar. O Dito semelhava sério. — "Dito, você não gosta de se conversar do Patorí, que morreu?" O Dito respondeu: — "Estou vendo essa lua." Assim era bom, o Dito também gostasse. — "Eu espio a lua, Dito, que fico querendo pensar muitas coisas de uma vez, as coisas todas..." "— É luão. E lá nela tem o cavaleiro esbarrado..." — o Dito assim examinava. Lua era o lugar mais distanciado que havia, claro impossível de tudo. Mãe, conversando só com Luisaltino, atenção naquilo ela nem não estava pondo. Uma hora, o que Luisaltino falou: que judiação do mal era por causa que os pais casavam as filhas muito meninas, nem deixavam que elas escolhessem noivo. Mas Miguilim queria que, a lua assim, Mãe conversasse com ele também, com o Dito, com Drelina, a Chica, Tomèzinho. A gente olhava Mãe, imaginava saudade. Miguilim não sabia muitas coisas. — "Mãe, a gente então nunca vai poder ver o mar, nunca?" Ela glosava que quem-sabe não, iam não, sempre, por pobreza de longe. — "A gente não vai, Miguilim" — o Dito afirmou: — "Acho que nunca! A gente é no sertão. Então por que é que você indaga?" "— Nada, não, Dito. Mas às vezes eu queria avistar o mar, só para não ter uma tristeza..." Essa resposta Mãe escutou, prezou; pegou na mão de Miguilim para perto dela. Quando chegaram nos coqueiros, Mãe falou que gostava deles, porque não eram árvore dos Gerais: o primeiro dono que fez a casa tinha plantado aqueles, porque também dizia que queria ali outros coqueiros altos, mas que não fossem buritis. Mas o buriti era tão exato de bonito! A Rosa cantava a estória de um, às músicas, buriti desde que nasceu, de preso dentro da caixinha de um coco, até cair de velho, na água azulada de sua vereda dele. A Rosa dizia que podia ensinar a Papaco-o-Paco todo cantar que tencionasse. Quando a gente voltou, se tomou café, nem ninguém não precisou de fazer café forte demais e amargoso, só Pai e Vovó Izidra é que bebiam daquele café desgostável. No outro dia, foi uma alegria: a Rosa tinha ensinado Papaco-o-Paco a gritar, todas as vezes: — *"Miguilim, Miguilim, me dá um beijim!..."* Até Mãitina veio ver. Mãitina prezou muito o pássaro, deu a ele o nome de Quixume; ficou na frente dele, dizendo louvor, fazendo agachados e vênias, depois levantava a saia, punha até na cabeça. — *"Miguilim, Miguilim..."* Era uma lindeza.

Mas vem um tempo em que, de vez, vira a virar só tudo de ruim, a gente paga os prazos. Quem disse foi o vaqueiro Salúz, que não se esquecia da estória do Patorí, e também perdeu um pé de espora no campeio, e Siàrlinda achou um dinheiro que ele tinha escondido dela em buraco no alto da parede, e ele estava com dois dentes muito doendo sempre, disse que hemorroida era aquilo. Depois o Dito aprovou que o tempo-do-ruim era mesmo verdade, quando no dia-de-domingo tamanduá estraçalhou o cachorro Julim. Notícia tão triste, a gente não acreditava, mas Pai trouxe para se enterrar o Julim morto, dependurado no cavalo, ninguém que via não esbarrava de chorar. Foi na caçada de anta. Pai não querendo contar: o tamanduá-bandeira se abraçou com o Julim, primeiro estapeava com a mão na cara dele, como tamanduá dá sopapos como pessôa. Daí rolaram no chão, aquela unha enorme do tamanduá rasgou a barriga dele, o Julim abraçado sangrado, não desabotoou o abraço — abriu os peitos, ainda furou os olhos. Zerró não pôde ajudar, nem os outros. Pai matou o bandeira, mas teve de pedir a um companheiro caçador que acabasse de matar o Julim, mò de não sofrer. Nem não deviam de ter ido! Não eram cachorros para isso, anteiros eram os de seo Brízido Boi, que caçou também. E nem a anta não mataram: ela pegou o carreiro, furtou o caminho, desbestou zurêta chapada a fora, fez sertão, cachorro frouxou, com a anta, que frouxou também; mas não puderam matar. Aquele dia, Pai adoeceu de pena. Depois, Zerró e Seu-Nome percuravam, percuravam, os dois eram irmãos do Julim. Só o Gigão dormia grande, não fazia nada; e os paqueiros juntos, que corriam por ali a quatro, feito meninos sem juízo: Caráter, Catita, Soprado e Floresto.

Marimbondo ferroou Tomèzinho, que danou chorou, Vovó Izidra levou Tomèzinho na horta, no lugar ofendido espremeu joão-leite, aquele leite azulado, que muito sarava. Mais isso não era coisa nova por si, sempre abelha ou avêspa ferroavam algum, e a lagarta tatarana cabeluda, que queima a gente, tatarana-rata, até em galhos de árvore, e toda-a-vida a gente caía, relava os joelhos, escalavrava, dava topada em pedra ou em toco. Pior foi que o Rio-Negro estava do outro lado da cerca, lambendo sal no cocho, e Miguilim quis passar mão, na testa dele, alisar, fazer festas. O touro tinha só todo desentendimento naquela cabeçona preta — deu uma levantada, espancando, Miguilim gritou de dôr, parecia que tinham quebrado os ossos da mão dele. Mãe trouxe a mula de cristal, branquinho, aplicou no lugar, aquela friura lisinha do cristal cercava a dôr para sarar, não deixava inchaço; mas Miguilim gemia e estava com raiva até dele mesmo. O Dito veio perto, falou que o touro era burro, Miguilim achava que tinha entendido que o Dito queria era mexer — minha-nossenhora! — nem sabia por que era que estava com raiva do Dito: pulou nele, cuspiu, bateu, o Dito bateu também, todo espantado, com raivas — "Cão!" "Cão!" — no chão que rolaram, quem viu primeiro pensava eles dois estivessem brincando.

Quando Miguilim de repente pensou, fechou os olhos: deixava o Dito dar, o Dito podia bater o tanto que quisesse, ele ficava quieto, não podia brigar com o Dito! Mas o Dito não batia. O Dito ia saindo embora, nem insultava, só fungava; decerto pensava que ele Miguilim estava ficando dôido. Quem sabe estava? Desabria de vergonha, até susto, medo. Carecia de não chorar, rezar a Deus o cr'em-deus-padre. Não achava coragem pronta para frentear o Dito, pedir perdão — podia que tão ligeiro o Dito não perdoasse. E então Miguilim foi andando — a mão que o Rio-Negro machucou nem não doía mais — e Miguilim veio se sentar no tamborete, que era o de menino de-castigo. A vergonha que sentia era assim como se ele tivesse sobrado de repente ruim leve demais, a modo que todo esvaziado, carecia de esperar muito tempo, quieto, muito sozinho, até o corpo, a cabeça se encher de peso firme outra vez; mais não podia. Aquele castigo dado-por-si decerto era a única coisa que valia.

Com algum tempo, mais não aguentava: ia porque ia, procurar o Dito! Mas o Dito já vinha vindo. — "Miguilim, a gente vai trepar no pé-de-fruta..." O Dito nem queria falar na briga. Ele subia mais primeiro — o brinquedo ele tinha inventado. Antes de subir, botava a camisinha para dentro da calça, resumia o pelo-sinal, o Dito era um irmão tão bonzinho e sério, todas as coisas certas ele fazia. Lá em cima, bem em cima, cada um numa forquilha de galhos, estavam no meio das folhagens, um quase defronte do outro, só sozinhos. Estavam ali como escondidos, mas podiam ver o que em volta de casa se passava. O gato Sossõe que rastreava sorrateiro, capaz de caçar alguma lagartixa: com um zapetrape ele desquebrava a lagartixa, homem de fazer assim até com calango — o calango pequeno verde que é de toda parte, que entra em mato e vem em beira de morada, mas que vive o diário é no cerrado. Maria Pretinha lavando as vasilhas no rego, Papaco-o-Paco cochilando no poleiro, Mãitina batendo roupa na laje do lavadouro. — "Dito, você não guarda raiva de mim, que eu fiz?" "— Você fez sem por querer, só por causa da dôr que estava doendo..." O Dito fungava no nariz, ele estava sempre endefluxado. Falava: — "Mais, se você tornar a fazer, eu dou em você, de ponta-pé, eu jogo pedrada!..." Miguilim não queria dizer que agora estava pensando no Rio--Negro: que por que era que um bicho ou uma pessôa não pagavam sempre amor-com-amor, de amizade de outro? Ele tinha botado a mão no touro para agradar, e o touro tinha repontado com aquela brutalidade. — "Dito, a gente vai ser sempre amigos, os mais de todos, você quer?" "— Demais, Miguilim. Eu já falei." Com um tempo, Miguilim tornava: — "Você acha que o Rio-Negro tem demônio dentro dele, feito o Patorí, se disse?" "— Acho não." O que o Dito achava era custoso, ele mesmo não sabia bem. Miguilim perguntava demais da conta. Então o Dito disse que Pai ia mandar castrar o Rio-Negro de qualquer jeito, porque careciam de comprar outro garrote, ele não servia mais para a criação, capava e vendia para ser boi-de--lote, boi-boiadeiro, iam levar nas cidades e comer a carne do Rio-Negro. Vaqueiro Salúz falava que era bom: castravam no curral e lá mesmo faziam fogo, assavam os grãos dele, punham sal, os vaqueiros comiam, com farinha.

Mas, de noite, no canto da cama, o Dito formava a resposta: — "O ruim tem raiva do bom e do ruim. O bom tem pena do ruim e do bom… Assim está certo." "— E os outros, Dito, a gente mesmo?" O Dito não sabia. — "Só se quem é bronco carece de ter raiva de quem não é bronco; eles acham que é moleza, não gostam… Eles têm medo que aquilo pegue e amoleça neles mesmos — com bondades…" "— E a gente, Dito? A gente?" "— A gente cresce, uai. O mole judiado vai ficando forte, mas muito mais forte! Trastempo, o bruto vai ficando mole, mole…" Miguilim tinha trazido a mula de cristal, que acertava no machucado da mão, debaixo das cobertas. "— Dito, você gosta de Pai, de verdade?" "— Eu gosto de todos. Por isso é que eu quero não morrer e crescer, tomar conta do Mutúm, criar um gadão enorme."

De madrugada, todo o mundo acordou cedo demais, a Maria Pretinha tinha fugido. A Rosa relatava e xingava: — "Foi o vaqueiro Jé que seduziu, côrjo desgramado! Sempre

Campo Geral

eu disse que ela era do rabo quente... Levou a negrinha a cavalo, decerto devem de estar longe, ninguém não pega mais!" O cavalo do vaqueiro Jé se chamava Assombra-Vaca. O vaqueiro Jé era branco, sardal, branquelo. Como é que foi namorar completo com a Maria Pretinha? A Rosa também era branca, mas era gorda e meia-velha, não namorava com ninguém. Quando a Rosa brabeava, desse jeito assim, Papaco-o-Paco também desatinava. Aquilo ele gritava só numa fúria: — *"Eu não bebo mais cachaça, não gosto de promotor! Filho-da-mãe é você! É você, ouviu!? É você!..."*

O Dito não devia de ter ido de manhãzinha, no nascer do sol, espiar a coruja em casa dela, na subida para a Laje da Ventação. Miguilim não quis ir. Era uma coruja pequena, coruja-batuqueira, que não faz ninhos, botava os ovos num cupim velho, e gosta de ficar na porta — no buraco do cupim — quando a gente vinha ela dava um grito feio — um barulho de chiata: *"Cuíc-cc'-kikikik!..."* e entrava no buraco; por perto, só se viam as cascas dos besouros comidos, ossos de cobra, porcaria. E ninguém não gostava de passar ali, que é perigoso: por ter espinho de cobra, com os venenos.

O Dito contou que a coruja eram duas, que estavam carregando bosta de vaca para dentro do buraco, e que rodavam as cabeças p'ra espiar pra ele, diziam: *"Dito! Dito!"* Miguilim se assustava: — "Dito, você não devia de ter ido! Não vai mais lá não, Dito." Mas o Dito falou que não tinha ido para ver a coruja, mas porque sabia do lugar onde o vaqueiro Jé mais a Maria Pretinha sempre em escondido se encontravam. — "Que é que tinha lá, então, Dito?" — "Nada não. Só tinha a sombra da árvore grande e o capim do campo por debaixo."

Mas no meio do dia o mico-estrela fugiu, correu arrepulando pelas moitas de carqueja, trepou no cajueiro, pois antes de trepar ainda caçou maldade de correr atrás da perúa, queria puxar o rabo dela. Todo o mundo perseguiu ligeiro pra pegar, a cachorrada latindo, Vovó Izidra gritava que os meninos estavam severgonhados, Mãe gritava que a gente esperasse, que a Rosa sozinha pegava, Drelina gritava que deixassem o bichinho sonhim ganhar a liberdade do mato que era dele, o Papaco-o--Paco gritava: *"Mãe, olha a Chica me beliscando! Ai, ai, ai, Pai, a Chica puxou meu cabelo!..."* — era copiadinho o choro de Tomèzinho. A gente tinha de fazer diligência, se não já estava em tempo d'os cachorros espatifarem o pobre do mico. Não se pegou: ele mesmo, sozinho por si, quis voltar para a cabacinha. Mas foi aí que o Dito pisou sem ver num caco de pote, cortou o pé: na cova-do-pé, um talho enorme, descia de um lado, cortava por baixo, subia da outra banda.

— "Meu-deus-do-céu, Dito!" Miguilim ficava tonto de ver tanto sangue. "— Chama Mãe! Chama Mãe!" — o Dito pedia. A Rosa carregou o Dito, lavaram o pé dele na bacia, a água ficava vermelha só sangue, Vovó Izidra espremia no corte talo de bálsamo da horta, depois puderam amarrar um pano em cima de outro, muitos panos, apertados; ainda a gente sossegou, todo o mundo bebeu um gole d'água, que a Rosa trouxe, beberam num copo. O Dito pediu para não ficar na cama, armaram a rede para ele no alpendre.

Miguilim queria ficar sempre perto, mas o Dito mandava ele fosse saber todas as coisas que estavam acontecendo. — "Vai ver como é que o mico está." O mico estava em pé na cabacinha, comendo arroz, que a Rosa dava. — "Quando o vaqueiro Salúz chegar, pergunta se é hoje que a vaca Bigorna vai dar cria." "— Miguilim, escuta o que Vovó Izidra conversar com a Rosa, do vaqueiro Jé mais a Maria Pretinha." O Dito gostava de ter notícia de todas as vacas, de todos os camaradas que estavam trabalhando nas outras roças, enxadeiros que meavam. Requeria se algum bicho tinha vindo estragar as plantações, de que altura era que o milho estava crescendo. — "Vovó Izidra, a senhora já vai fazer o presépio?" "— Daqui a três dias, Dito, eu começo." O Dito não podia caminhar, só podia pulando num pé só, mas doía, porque o corte tinha apostemado muito, criando matéria. Chamando, o Gigão vinha, vigiava a rede, olhava, olhava, sacudia as orelhas. — "Você está danado, Dito, por causa?" "— Estou não, seo Luisaltino, costumei muito com essas coisas..." "— Depressa que sare!" "— Uê, p'ra se sarar basta se estar doente."

Meu-deus-do-céu, e o Dito já estava mesmo quase bom, só que tornou outra vez a endefluxar, e de repente ele mais adoeceu muito, começou a chorar — estava sentindo dôr nas costas e dôr na cabeça tão forte, dizia que estavam enfiando um ferro na cabecinha dele. Tanto gemia e exclamava, enchia a casa de sofrimento. Aí Luisaltino montou a cavalo, ia daí a mais de um dia de viagem, aonde tinha um fazendeiro que vendia, buscar remédio para tanta dôr. Vovó Izidra fez um pano molhado, com folhas-santas amassadas, amarrou na cabeça dele. — "Vamos rezar, vamos rezar!"— Vovó Izidra chamava, nunca ela tinha estado tão sem sossego assim. Decidiram dar ao Dito um gole d'água com cachaça. Mas ele tinha febre muito quente, vomitava tudo, nem sabia quando estava vomitando. Vovó Izidra veio dormir no quarto, levaram a caminha do Tomèzinho para o quarto de Luisaltino. Mas Miguilim pediu que queria ficar, puseram uma esteira no chão, para ele, porque o Dito tinha de caber sozinho no catre. O Dito gemia, e a gente ouvia o barulhinho de Vovó Izidra repassando as contas do terço.

No outro dia, o Dito estava melhorado. Só que tinha soluço, queria beber água-com-açúcar. Miguilim ficava sentado no chão, perto dele. Vovó Izidra tinha de principiar o presépio, o

Dito não podia ver quando ela ia tirar os bichos do guardado na canastra — boi, leão, elefante, águia, urso, camelo, pavão — toda qualidade de bichos que nem tinha deles ali no Mutúm nem nos Gerais, e Nossa Senhora, São José, os Três Reis e os Pastores, os soldados, o trem-de-ferro, a Estrela, o Menino Jesus. Vovó Izidra vez em quando trazia uma coisa ou outra para mostrar ao Dito: os panos, que ela endurecia com grude — moía carvão e vidro, e malacacheta, polvilhava no grude. Mas Dito queria tanto poder ver quando ela estava armando o presépio, forrando os tocos e caixotes com aqueles panos — fazia as serras, formava a Gruta. Os panos pintados com anil e tinta amarela de pacarí, misturados davam um verde bonito, produzido manchado, como todos os matos no rebrôto. E tinha umas bolas grandes, brilhantes de muitas cores, e o arroz plantado numa lata e deixado nascer no escuro, para não ser verde e crescer todo amarelo descorado. Tinha a lagôa, de água num prato-fundo, com os patinhos e peixes, o urso-branco, uma rã de todo tamanho, o cágado, a foquinha bicuda. Quase a maior parte daquelas coisas Vovó Izidra possuía e carregava aonde ia, desde os tempos de sua mocidade. Depois de pronto, era só pôr o Menino Jesus na Lapinha, na manjedoura, com a mãe e o pai dele e o boizinho e o burro. E punha um abacaxi-maçã, que fazia o presépio todo cheirar bonito. Todos os anos, o presépio era a coisa mais enriquecida, vinha gente estranha dos Gerais, para ver, de muitos redores. Mas agora o Dito não podia ir ajudar a arrumação, e então Miguilim gostava de não ir também, ficar sentado no chão, perto da cama, mesmo quando o Dito tinha sono, o Dito agora queria dormir quase todo o tempo.

A Chica e Tomèzinho podiam espiar armar o presépio o prazo que quisessem, mas eram tão bobinhos que pegavam inveja de Miguilim e o Dito não estarem vendo também. E então vinham, ficavam da porta do quarto, os dois mais o Bustica — aquele filho pequeno do vaqueiro Salúz. — "Vocês não podem ir ver presepe, vocês então vão para o inferno!" — isso a Chica tinha ensinado Tomèzinho a dizer. E tinha ensinado o Bustica a fazer caretas. O Dito não se importava, até achava engraçado. Mas então Miguilim fez de conta que estava contando ao Dito uma estória — do Leão, do Tatú e da Foca. Aí Tomèzinho, a Chica e aquele menino o Bustica também vinham escutar, se esqueciam do presépio. E o Dito mesmo gostava, pedia: — "Conta mais, conta mais..." Miguilim contava, sem carecer de esforço, estórias compridas, que ninguém nunca tinha sabido, não esbarrava de contar, estava tão alegre nervoso, aquilo para ele era o entendimento maior. Se lembrava de seo Aristeu. Fazer estórias, tudo com um viver limpo, novo, de consolo. Mesmo ele sabia, sabia: Deus mesmo era quem estava mandando! — "Dito, um dia eu vou tirar a estória mais linda, mais minha de todas: que é a com a Cuca Pingo-de-Ouro!..." O Dito tinha alegrias nos olhos; depois, dormia, rindo simples, parecia que tinha de dormir a vida inteira.

A Pinta-Amarela tirou os pintinhos, todos vivos, e no meio as três perdizinhas. A Rosa trouxe as três, em cima de uma peneira, para o Dito conhecer. Mas o Dito mandava Miguilim ir espiar, no quintal, e depois dizer para ele como era que elas viviam de verdade. A dôr-de-cabeça do Dito tinha voltado forte, mas agora Luisaltino tinha trazido as pastilhazinhas, ele engulia, com gole d'água, melhorava. — "Dito, as três perdizinhas são diabinhas! A galinha pensa que elas são filhas dela, mas parece que elas sabem que não são. Todo o tempo se assanham de querer correr para o bamburral, fogem do meio dos pintinhos irmãos. Mas a galinha larga os pintos, sai atrás delas, chamando, chamando, cisca para elas comerem os bichinhos da terra…" A febre era mais muita, testa do Dito quente que pelava. — "Miguilim, vou falar uma coisa, para segredo. Nem p'ra mim você não torna a falar." O Dito sentava na cama, mas não podia ficar sentado com as pernas esticadas direito, as pernas só teimavam em ficar dobradas nos joelhos. Tudo endurecia, no corpo dele. — "Miguilim, espera, eu estou com a nuca tesa, não tenho cabeça pra abaixar…" De estar pior, o Dito quase não se queixava.

— "Miguilim, Vovó Izidra toda hora está xingando Mãe, quando elas estão sem mais ninguém perto?" Miguilim não sabia, Miguilim quase nunca sabia as coisas das pessôas grandes. Mas o Dito, de repente, pegava a fazer caretas sem querer, parecia que ia dar ataque. Miguilim chamava Vovó Izidra. Não era nada. Era só a cara da doença na carinha dele.

Depois, a gente cavacava para tirar minhocas, dar para as perdizinhas. Mas o mico-estrela pegou as três, matou, foi uma pena, ele abriu as barriguinhas delas. Miguilim não contou ao Dito, por não entristecer. — "As perdizinhas estão assustadinhas, estão crescendo por demais… Amanhã é o dia de Natal, Dito!" "— Escuta, Miguilim, uma coisa você me perdôa? Eu tive inveja de você, porque o Papaco-o-Paco fala *Miguilim me dá um beijim…* e não aprendeu a falar meu nome…" O Dito estava com jeito: as pernas duras, dobradas nos joelhos, a cabeça dura na nuca, só para cima ele olhava. O pior era que o corte do pé ainda estava doente, mesmo pondo cataplasma doía muito demorado. Mas o papagaio tinha de aprender a falar o nome do Dito! — "Rosa, Rosa, você ensina Papaco-o-Paco a chamar alto o nome do Dito?" "— Eu já pelejei, Miguilim, porque o Dito mesmo me pediu. Mas ele não quer falar, não fala nenhum, tem certos nomes assim eles teimam de não entender…" O Dito gostava de comer pipocas. A Rosa estava assando pipoca: para elas estalarem bem graúdas,

Campo Geral   95

a Rosa batia na tampa da caçarola com uma colher de ferro e pedia a todos para gritarem bastante, e a Rosa mesma gritava os nomes de toda pessôa que fosse linguaruda: — "Pipoca, estrala na boca de Sià Tonha do Tião! Estrala na boca de dona Jinuana, da Rita Papuxa!..." Miguilim vinha trazer as pipocas, saltantes, contava o que a Rosa tinha gritado, prometia que Papaco-o-Paco já estava começando a soletrar o nome do Dito. O Dito gemia de mais dôr, com os olhos fechados. — "Espera um pouco, Miguilim, eu quero escutar o berro dessas vacas..." Que estava berrando era a vaca Acabrita. A vaca Dabradiça. A vaca Atucã. O berro comprido, de chamar o bezerro. — "Miguilim, eu sempre tinha vontade de ser um fazendeiro muito bom, fazenda grande, tudo roça, tudo pastos, cheios de gado..." — "Mas você vai ser, Dito! Vai ter tudo..." O Dito olhava triste, sem desprezo, do jeito que a gente olha triste num espelho. — "Mas depois tudo quanto há cansa, no fim tudo cansa..." Miguilim discorreu que amanhã Vovó Izidra ia pôr o Menino Jesus na manjedoura. Depois, cada dia ela punha os Três Reis mais adiantados um pouco, no caminho da Lapinha, todo dia eles estavam um tanto mais perto — um Rei Branco, outro Rei Branco, o Rei Preto — no dia de Reis eles todos três chegavam... "— Mas depois tudo cansa, Miguilim, tudo cansa..." E o Dito dormia sem adormecer, ficava dormindo mesmo gemendo.

Então, de repente, o Dito estava pior, foi aquela confusão de todos, quem não rezava chorava, todo mundo queria ajudar. Luisaltino tornou a selar cavalo, ia tocar de galope, para buscar seo Aristeu, seo Deográcias, trazer remédio de botica. Pai não ia trabalhar na roça, mais no meio dali resistia, com os olhos avermelhados. O Dito às vezes estava zarolho, sentido gritava alto com a dôr-de-cabeça, sempre explicavam que a febre dele era mais forte, depois ele falava coisas variando, vomitava, não podia padecer luz nenhuma, e ficava dormindo fundo, só no meio do dormir dava um grito repetido, feio, sem acordo de si. Miguilim desentendia de tudo, tonto, tonto. Ele chorou em todas partes da casa.

Veio seo Deográcias, avelhado e magro, dizia que o Patorí não era ruim assim como todos pensavam, dizia que Deus para punir o mundo estava querendo acabar com todos os meninos. Veio seo Aristeu, dessa vez não brincava nem ria, abraçou muito Miguilim e falou, apontando para o Dito: — "Eu acho que ele é melhor do que nós... Nem as abelhinhas hoje não espanam as asas, tarefazinha... Mas tristeza verdadeira, também nem não é prata, é ouro, Miguilim... Se se faz..." Veio seo Brízido Boi, que era padrinho do Tomèzinho: um homem enorme, com as botas sujas de barro seco, ele chorava junto, aos arrancos, dizia que não podia ver ninguém sofrer. Veio a mãe do Grivo, com o Grivo, ela era quase velhinha, beijou a mão do Dito. E de repente veio vaqueiro Jé, com a Maria Pretinha, os dois tão vergonhosos, só olhavam para o chão. Mas ninguém não ralhou, até Pai disse que pelo que tinha havido eles precisavam nenhum de ir s'embora, ficavam aqui mesmo em casa os dois trabalhando; e Vovó Izidra disse que, quando viesse padre por perto, pelo direito se casavam. O vaqueiro Jé concordou, pegou na mão da Maria Pretinha, para chegarem na beira da cama do Dito, ele cuidava muito da Maria Pretinha, com aqueles carinhos, senhoroso. E então o povo todo acompanhou Vovó Izidra em frente do oratório, todos ajoelharam e rezavam chorado, pedindo a Deus a saúde que era do Dito. Só Mãe ficou ajoelhada na beirada da cama, tomando conta do menino dela, dizia.

A reza não esbarrava. Uma hora o Dito chamou Miguilim, queria ficar com Miguilim sozinho. Quase que ele não podia mais falar. — "Miguilim, e você não contou a estória da Cuca Pingo-de-Ouro..." "— Mas eu não posso, Dito, mesmo não posso! Eu gosto demais dela, estes dias todos..." Como é que podia inventar a estória? Miguilim soluçava. — "Faz mal não, Miguilim, mesmo ceguinha mesmo, ela há de me reconhecer..." "— No Céu, Dito? No Céu?!" — e Miguilim desengolia da garganta um desespero. — "Chora não, Miguilim, de quem eu gosto mais, junto com Mãe, é de você..." E o Dito também não conseguia mais falar direito, os dentes dele teimavam em ficar encostados, a boca mal abria, mas mesmo assim ele forcejou e disse tudo: — "Miguilim, Miguilim, vou ensinar o que agorinha eu sei, demais: é que a gente pode ficar sempre alegre, alegre, mesmo com toda coisa ruim que acontece acontecendo. A gente deve de poder ficar então mais alegre, mais alegre, por dentro!..." E o Dito quis rir para Miguilim. Mas Miguilim chorava aos gritos, sufocava, os outros vieram, puxaram Miguilim de lá.

Miguilim doidava de não chorar mais e de correr por um socôrro. Correu para o oratório e teve medo dos que ainda estavam rezando. Correu para o pátio, chorando no meio dos cachorros. Mãitina caminhava ao redor da casa, resmungando coisas na linguagem, ela também sentia pelo estado do Dito. — "Ele vai morrer, Mãitina?!" Ela pegou na mão dele, levou Miguilim, ele mesmo queria andar mais depressa, entraram no acrescente, lá onde ela dormia estava escuro, mas nunca deixava de ter aquele foguinho de cinzas que ela assoprava. — "Faz um feitiço para ele não morrer, Mãitina! Faz todos os feitiços, depressa, que você sabe..." Mas aí, no voo do instante, ele sentiu uma coisinha caindo em seu coração, e adivinhou que era tarde, que nada mais adiantava. Escutou os que choravam e exclamavam, lá dentro de casa. Correu outra vez, nem soluçava mais, só sem querer dava aqueles suspiros fundos. Drelina, branca como pedra de sal, vinha saindo: — "Miguilim, o Ditinho morreu..."

Miguilim entrou, empurrando os outros: o que feito uma loucura ele naquele momento sentiu, parecia mais uma repentina esperança. O Dito, morto, era a mesma coisa que quando vivo, Miguilim pegou na mãozinha morta dele. Soluçava de engasgar, sentia as lágrimas quentes, maiores do que os olhos. Vovó Izidra o puxou, trouxe para fora do quarto. Miguilim sentou no chão, num canto, chorava, não queria esbarrar de chorar, nem podia. — "Dito! Dito!..." Então se levantou, veio de lá, mordia a boca de não chorar, para os outros o deixarem ficar no quarto. Estavam lavando o corpo do Dito, na bacia grande. Mãe segurava com jeito o pezinho machucado doente, como caso pudesse doer ainda no Dito, se o pé batesse na beira da bacia. O carinho da mão de Mãe segurando aquele pezinho do Dito era a coisa mais forte neste mundo. — "Olha os cabelos bonitos dele, o narizinho..." — Mãe soluçava. — "Como o pobre do meu filhinho era bonito..." Miguilim não aguentava ficar ali; foi para o quarto de Luisaltino, deitou na cama, tapou os ouvidos com as mãos e apertou os olhos no travesseiro — precisava de chorar, toda-a-vida, para não ficar sozinho.

Quando entrou a noite, Miguilim sabia não dormir, passar as horas perto da mesa, onde o Dito era principezinho, calçado só com um pé de botina, coberto com lençol branco e flores, mas o mais sério de todos ali, entre aquelas velas acêsas que visitavam a casa. Mas chegou o tempo em que ele Miguilim cochilou muito, nem viu bem para onde o carregavam. Acordou na cama de Mãe e Pai. Com o escuro das estrelas nas veredas, a notícia tinha corrido. O Mutúm estava cheio de gente.

Além de seo Aristeu, seo Brízido Boi e seo Deográcias, estavam lá o Nhangã, seo Soande, o Frieza, um rapazinho Lugolino; o seo Braz do Bião, os filhos dele Câncio e Emerêncio, os vaqueiros do Bião: Tomás, Cavalcante e José Lúcio; dona

Eugeniana, mulher de seo Braz do Bião. Os enxadeiros que à meia trabalhavam para Pai, e que também eram criaturas de Deus com seus nomes que tinham: um Cornélio, filho dele Acúrcio, Raymundo Bom, Nhô Canhoto, José de Sá. Depois chegava Sià Ía, a gôrda, dona do Atrás-do-Alto, meio gira, que ela mesma só falava que andava sumida: — "Tou p'los matos! Tou p'los matos…" E o Tiotônio Engole, papudo. O vaqueiro Riduardo, vaqueiro próprio, com os filhos: Riduardinho e Justo, vaqueiros também. O velho Rocha Surubim, a mulher dele dona Lelena, e os filhos casados, que eram três, dois deles tinham trazido as mulheres, da Vereda do Bugre. E ainda chegavam outros. Até dois homens sem conhecimento nenhum, homens de fora, que andavam comprando bezerros. Muitas mulheres, uma meninada. Desdormido, estonteado, desinteirado de si, no costume que começava a ter de ter, de sofrer, Miguilim sempre ficava em todo o caso triste-contente, de que tanta gente ali estivesse, todos por causa do Dito, para honrar o Dito, e os homens iam carregar o Dito, a pé, quase um dia inteiro de viagem — iam "ganhar dia", diziam — mò de enterrar no cemiteriozinho de pedras, para diante da vereda do Terentém.

— "E Tio Terêz?" — uma hora ele perguntou ao vaqueiro Jé, longe dos outros. Mas foi o vaqueiro Salúz quem mais tarde deu resposta: — "Tio Terêz não sabe, Miguilim: ele está longe, está levantando gado nos Gerais da Bahia…"

Tinham de sair cedo, por forma que precisavam de caminhar muito, e estavam comendo farofa de carne, com mandioca cozida, todos bebendo café e cachaça. Vaqueiro Salúz matou o porquinho melhor, porque a carne seca não chegava, e Mãitina, na cozinha, não esbarrava de bater paçoca no pilão — aquele surdo rumor. Careciam também de levar, para o caminho, um garrafão de cachaça. A Rosa ia catar flores, trazia, logo ia buscar mais, chorosa, achava que nunca que bastavam. Mãe chorava devagarinho, ajoelhada, mas o tempo passando; os bonitos cabelos tapavam a cara dela. E Vovó Izidra fungava, andando para baixo e para cima, com ela mesma era que ralhava.

Os enxadeiros tinham ido cortar varas do mato, uma vara grande de pindaíba, e Pai desenrolou a redezinha de buriti. Mas aí Mãe exclamou que não, que queria o filhinho dela no lençol de alvura. Então embrulharam o Dito na colcha de chita, enfeitaram com alecrins, e amarraram dependurado na vara comprida. Pai pegou numa ponta da vara, seo Braz do Bião segurou na outra, todos os homens foram saindo. Miguilim deu um grito, acordado demais. Vovó Izidra rezava alto, foi o derradeiro homem sair e ela fechou a porta. E sojigou Miguilim debaixo de sua tristeza.

Todos os dias que depois vieram, eram tempo de doer. Miguilim tinha sido arrancado de uma porção de coisas, e estava no mesmo lugar. Quando chegava o poder de chorar, era até bom — enquanto estava chorando, parecia que a alma toda se sacudia, misturando ao vivo todas as lembranças, as mais novas e as muito antigas. Mas, no mais das horas, ele estava cansado. Cansado e como que assustado. Sufocado. Ele não era ele mesmo. Diante dele, as pessôas, as coisas, perdiam o peso de ser. Os lugares, o Mutúm — se esvaziavam, numa ligeireza, vagarosos. E Miguilim mesmo se achava diferente de todos. Ao vago, dava a mesma ideia de uma vez, em que, muito pequeno, tinha dormido de dia, fora de seu costume — quando acordou, sentiu o existir do mundo em hora estranha, e perguntou assustado: — "Uai, Mãe, hoje já é amanhã?!"

— "Isso nem é mais estima pelo irmão morto. Isso é nervosias..." — Vovó Izidra condenava. Miguilim ouvia e fazia com os ombros. Agora ele achava que Vovó Izidra gostava de ser idiota.

Ora vez, tinha raiva. Das pessoas, não. Nem de Deus; não. Mais não sabia, de quem ou de que. Tinha raiva. Não conseguia, nem mesmo queria, se recordar do Dito vivo, relembrar o tempo em que tinham vivido juntos, conversado e brincado. Queria, isso sim, se fosse um milagre possível, que o Dito voltasse, de repente, em carne e ôsso, que a morte dele não tivesse havido, tudo voltando como antes, para outras horas, novas, novas conversas e novos brinquedos, que não tinham podido acontecer — mas devia de ter para acontecer, hoje, depois, amanhã, sempre. — "Hoje, o que era que o Dito ia dizer, se não tivesse morrido? O quê?!..." Então, chorava mais.

Mas chorava com mais terrível sentimento era quando se lembrava daquelas palavras da Mãe, abraçada com o corpo do Dito, quando o estavam pondo dentro da bacia para lavar: — "*Olha o inflamado ainda no pezinho dele... Os cabelos bonitos... O narizinho... Como era bonito o pobrezinho do meu filhinho...*" Essas exclamações não lhe saíam dos ouvidos, da cabeça, eram no meio de tudo o ponto mais fundo da dôr, ah, Mãe não devia de ter falado aquilo... Mas precisava de ouvir outra vez: — "Mãe, que foi que a senhora disse, dos cabelos, do nariz, do machucadinho no pé, quando eles estavam lavando o Ditinho?!" A mãe não se lembrava, não podia repetir as palavras certas, falara na ocasião qualquer coisa, mas, o que, já não sabia. Ele mesmo, Miguilim, nunca tinha reparado antes nos cabelos, no narizinho do Dito. Então, ia para o paiol, e chorava, chorava. Depois, repetia, alto, imitando a voz da mãe, aquelas frases. Era ele quem precisava de guardá-las, decoradas, ressofridas; se não, alguma coisa de muito grave e necessária para sempre se perdia. — "Mãe, o que foi que naquela hora a senhora sentiu? O que foi que a senhora sentiu?!..."

E precisava de perguntar a outras pessôas — o que pensavam do Dito, o que achavam dele, de tudo por junto; e de que coisas acontecidas se lembravam mais. Mas todos, de Tomèzinho e Chica a Luisaltino e Vovó Izidra, mesmo estando tristes, como estavam, só respondiam com lisice de assuntos, bobagens que o coração não consabe. Só a Rosa parecia capaz de compreender no meio do sentir, mas um sentimento sabido e um compreendido adivinhado. Porque o que Miguilim queria era assim como algum sinal do *Dito morto* ainda no *Dito vivo*, ou do *Dito vivo* mesmo no *Dito morto*. Só a Rosa foi quem uma vez disse que o Dito era uma alminha que via o Céu por detrás do morro, e que por isso estava marcado para não ficar muito tempo mais aqui. E disse que o Dito falava com cada pessôa como se ela fosse uma, diferente; mas que gostava de todas, como se todas fossem iguais. E disse que o Dito nunca tinha mudado, enquanto em vida, e por isso, se a gente tivesse um retratinho dele, podia se ver como os traços do retrato agora mudavam. Mas ela já tinha perguntado, ninguém não tinha um retratinho do Dito. E disse que o Dito parecia uma pessôinha velha, muito velha em nova.

Miguilim se agarrou com a Rosa, em pranto de alívio; aquela era a primeira vez que ele abraçava a Rosa. Mas a galinha choca vinha passando, com seus pintinhos, a Rosa mostrou-a a Miguilim. — "Uai, é a Pintadinha, Rosa? A Pintadinha também já tirou os pintos?" "— Mas já faz tanto tempo, Miguilim. Foi naqueles dias..." "— Que jeito que eu não vi?!" "— Pois que você mesmo quis ver só foi a Pintinha-Amarela, Miguilim, por causa que ela tinha as três perdizinhas..."

Depois ele conversou com Mãitina. Mãitina era uma mulher muito imaginada, muito de constâncias. Ela prezava a bondade do Dito, ensinou que ele vinha em sonhos, acenava para a gente, aceitava louvor. Sempre que se precisava, Mãitina era pessôa para

Campo Geral

qualquer hora falar no Dito e por ele começar a chorar, junto com Miguilim. O que eles dois fizeram, foi ela quem primeiro pensou. Escondido, escolheram um recanto, debaixo do jenipapeiro, ali abriram um buraco, cova pequena. De em de, camisinha e calça do Dito furtaram, para enterrar, com brinquedos dele. Mas Mãitina foi remexer em seus guardados, trouxe uns trens: boneco de barro, boneco de pau, penas pretas e brancas, pedrinhas amarradas com embira fina; e tinha mais uma coisa. — "Que que é isso, Mãitina?" "— Tomé me deu. Tomé me deu..." Era a figura de jornal, que Miguilim do Sucurijú aportara, que Mãe tomou da Chica e rasgou, Mãitina salvara de colar com grude os rasgados, num caco de gamela. Miguilim tinha todas as lágrimas nos olhos. Tudo se enterrou, reunido com as coisinhas do Dito. Retaparam com a terra, depois foram buscar as pedrinhas lavadas do riacho, que cravaram no chão, apertadas, remarcando o lugar; ficou semelhando um ladrilhado redondo. Era mesma coisa se o Dito estivesse depositado ali, e não no cemiteriozinho longe, no Terentém. Só os dois conheciam o que era aquilo. Quando chovia, eles vinham olhar; se a chuva era triste, entristeciam. E Miguilim furtava cachaça para Mãitina.

E um dia, então, de repente, quando ninguém mais não mandava nem ensinava, o Papaco-o-Paco gritou: — *"Dito, Expedito! Dito, Expedito!"* Exaltado com essa satisfação: ele tinha levado tempo tão durado, sozinho em sua cabeça, para se acostumar de aprender a produzir aquilo. Miguilim não soube o rumo nenhum do que estava sentindo. Todos ralhavam com Papaco-o--Paco, para ele tornar a se esquecer depressa do que tanto estava gritando. E outras coisas desentendidas, que o Papaco-o-Paco sempre experimentava baixo para si, aquele grol, Miguilim agora às vezes duvidava que vontade fossem de um querer dizer. Aí,

Miguilim quis ir até lá na subida para a Laje da Ventação, saber as corujas-batuqueiras; não tinha medo dos espinhos de cobra. Mas o entrar do cupim estava sem dono. — "Coruja se mudou: estão num buraco de tatú, naquela grota…" — o vaqueiro Salúz estava explicando, tinha achado, deviam de ser as mesmas. Mas lá na grota Miguilim não queria ir espiar. Nem queria ouvir os berros da vaca Acabrita e da vaca Dabradiça. Nem inventar mais estórias. Nem ver, quando ele retornou, o luar da lua-cheia.

— "Diacho, de menino, carece de trabalhar, fazer alguma coisa, é disso que carece!" — o Pai falava, que redobrava: xingando e nem olhando Miguilim. Mãe o defendia, vagarosa, dizia que ele tinha muito sentimento. — "Uma pôia!" — o Pai desabusava mais. — "O que ele quer é sempre ser mais do que nós, é um menino que despreza os outros e se dá muitos penachos. Mais bem que já tem prazo para ajudar em coisa que sirva, e calejar os dedos, endurecer casco na sola dos pés, engrossar esse corpo!" Devagarzinho assim, só suspiro, Mãe calava a boca. E Vovó Izidra secundava, porque achava que, ele Miguilim solto em si, ainda podia ficar prejudicado da mente do juízo.

Daí por diante, não deixavam o Miguilim parar quieto. Tinha de ir debulhar milho no paiol, capinar canteiro de horta, buscar cavalo no pasto, tirar cisco nas grades de madeira do rego. Mas Miguilim queria trabalhar, mesmo. O que ele tinha pensado, agora, era que devia copiar de ser igual como o Dito.

Mas não sabia imitar o Dito, não tinha poder. O que ele estava — todos diziam — era ficando sem-vergonha. Comia muito, se empanzinava, queria deitar no chão, depois do almoço. — "Levanta, Miguilim! Vai catar gravetos para a Rosa!" Lá ia Miguilim, retardoso; tinha medo de cobra. Medo de morrer, tinha; mesmo a vida sendo triste. Só que não recebia mais medo das pessôas. Tudo era bobagem, o que acontecia e o que não acontecia, assim como o Dito tinha morrido, tudo de repente se acabava em nada. Remancheava. E ele mesmo achava que não gostava mais de ninguém, estirava uma raiva quieta de todos. Do Pai, principal. Mas não era o Pai quem mais primeiro tinha ódio dele Miguilim? Era só avistar Miguilim, e ele já bramava: — "Mão te tenha, cachorrinho! Enxerido... Carapuçudo..." Derradeiro, o Pai judiava mesmo com todo o mundo. Ralhava com Mãe, coisas de vexame: — "Nhanina quer é empobrecer ligeiro o final da gente: com tanto açúcar que gasta, só fazendo porcaria de dôces e comidas de luxo!" O dôce a Mãe fazia era porque os meninos e ele Miguilim gostavam. Então, mesmo, Vovó Izidra um dia tinha resmungado, Miguilim bem que ouviu: — "Esse Bero tem ôsso no coração..." Miguilim mal queria pensar. Não tinha certeza se estava tendo raiva do Pai para toda a vida.

Pai encabou uma enxada pequena. — "Amanhã, amanhã, este menino vai ajudar, na roça." Nem triste nem alegre, lá foi Miguilim, de manhã, junto com Pai e Luisaltino. — "Teu eito é aqui. Capina." Miguilim abaixava a cabeça e pelejava. Pai nunca falava com ele, e Miguilim preferia cumprir calado o desgosto, e aguentar o cansaço, mesmo quando não estava podendo. Sempre a gente podia, desde que não se queixasse. Pai conversava com Luisaltino, esbarravam para pitar, caçoavam. Luisaltino era bonzinho, tinha pena dele: — "Agora, Miguilim, desiste um pouco da tirana. Você está vermelho, camisinha está empapada..." Daí todos ficavam trabalhando com o corpo por metade nú, só de calças, as costas escorregavam de suor de sol, nos movimentos. Descalço, os pés de Miguilim sobravam cheios de espinhos. E com aquele calor a gente necessitava de beber água toda hora, a água da lata era quente, quente, não matava direito a sede. Sol a sol — de tardinha voltavam, o corpo de Miguilim doía, todo moído, torrado. Vinha com uma coisa fechada na mão. — "Que é isso, menino, que você está escondendo?" "— É a joaninha, Pai." "— Que joaninha?" Era o besourinho bonito, pingadinho de vermelho. "— Já se viu?! Tu há de ficar toda-a-vida bôbo, ô panasco?!" — o Pai arreliou. E no mais ralhava sempre, porque Miguilim não enxergava onde pisasse, vivia escorregando e tropeçando, esbarrando, quase caindo nos buracos: — "Pitosga..."

Vez em quando, seo Deográcias aparecia lá na roça. Ficava de cócoras, queria conversar com o Pai, e dava pena, de tão destruído arruinado que estava. Só falava coisas tristes; Pai dizia depois a Luisaltino que ele caceteava. — "Pois é, Miguilim, e você que perdeu quase de junto de uma vez os dois tão seus amigos: o Dito e o Patorí..." E fundo suspirava. — "Pois é, seo Nhô Berno, isto aqui vai acabar, vai acabar... Não tem recursos, não tem proteção do alto, é só trabalho e doenças, ruindades ignorâncias... De primeiro, eu mesmo pensei de poder ajudar a promover alguma melhora, mesmo pouca. Ah, pensei isso, mas foi nos ocos da cabeça! Agora... O que eu sei, o que há, é o mundo por se acabar..." Seo Deográcias se sentava no chão e cochilava. Depois dizia que o Patorí era um menino de bom coração, que levantava cedinho e para ele coava café, gostava de auxiliar em muita coisa... Seo Deográcias recochilava, tornava a acordar: — "Ah, seo Nhô Berno Caz, o que falta é o que sei, o que sei. É o dindinheiro... é o dindinheiro..."

Miguilim dormia no mesmo catre, sozinho. Mas uma noite o gato Sossõe apareceu, deitado no lugar que tinha sido do Dito, no canto, aqueles olhos verdes no escuro silenciando demais, ele tão bonito, tão quieto. Na outra noite ele não vinha, Miguilim mesmo o foi buscar, no borralho. Daí, o gato Sossõe já estava aprendendo a vir sempre, mas Tomèzinho acusou, e Pai jurou com raiva, não dava licença daquilo. Miguilim já estava acostumado a dormir sozinho sem ninguém, ocupava o catre inteiro, se alargava, podia abrir bem as pernas e os braços. Pensava. Ficava acordado muito tempo, escutava a tutuca dos jenipapos maduros caindo de supetão e se achatando, cheios, no chão da árvore. Se lembrava do Patorí. O que seo Deográcias tinha falado. Então, ele Miguilim era amigo do Patorí também, e nem não tinha sabido? Como podia ser? Procurava, procurava, nas distâncias, nos escuros da cabeça, ia se lembrando, ia achando. Se lembrava de umas vezes em que o Patorí não estava maldoso. O Patorí tocava berimbau, um berimbau de fibra de buriti, tocava com o dedo, era bonito, tristinho. Ou, então, outras ocasiões, o Patorí fazia de conta que era toda qualidade de bicho. — "Agora, o que é que você quer, Miguilim?" "— Cavalo!" "— Cavalo, cavalo, cavalo? É assim: ...*Rinhinhim, rinhinhim, rinhinhim...*" E batia com o pé no chão, de patada, aquele pé comprido, branquelo, que os dedos podiam segurar lama no chão e jogar longe. — "E agora, Miguilim?" "— Agora é pato!" "— Pato branco, pato preto, pato marreco, pato choco? É assim: ...*Quépo, quépo, quépo...*" "— Sariema! Agora é sariema!" "— Xô! Sariema no cerrado é assim: ...*Káu! Káu! Káukáukáufkáuf...*" Miguilim ria de em barriga não caber, e o Patorí sério falava: — "Miguilim, Miguilim, a vida é assim..." Era divertido.

No Dito, pensava sempre. Mas, mesmo quando não estava pensando conseguido, dentro dele parava uma tristeza: tristeza calada, completa, comum das coisas quando as pessôas foram embora. — "Você está ficando homem, Miguilim..." — falava o vaqueiro Salúz. Vaqueiro Salúz tinha mandado comprar um chapéu-de-couro novo, formoso, e vendeu o velho para o vaqueiro Jé.

No dia em que o Luisaltino não foi trabalhar na roça — disse que estava perrengue — Pai teve uma hora em que quis conversar com Miguilim. Drelina, a Chica e Tomèzinho tinham trazido o almoço e voltaram para casa. Pai fez um cigarro, e falou do feijão-das-águas, e de quantos carros de milho que podia vender para seo Braz do Bião. Perguntou. Mas Miguilim não sabia responder, não achou jeito, cabeça dele não dava para esses assuntos. Pai fechou a cara. Depois Pai disse: — "Vigia, Miguilim: ali!" Miguilim olhou e não respondeu. Não estava vendo. Era uma plantação brotando da terra, lá adiante; mas direito ele não estava enxergando. Pai calou a boca, muitas vezes. Mas, de noite, em casa, mesmo na frente de Miguilim, Pai disse a Mãe que ele não prestava, que menino bom era o Dito, que Deus tinha levado para si, era muito melhor tivesse levado Miguilim em vez d'o Dito.

No seguinte, sem ninguém esperar, chegou o mano Liovaldo, com tio Osmundo Cessim, da Vila Risonha. Foi tanta alegria e surpresa, de Mãe, Pai, e de todos, que ninguém não ia trabalhar na roça. Eles vinham passar quinze dias, por visitar, pois tinham ficado sabendo da morte do Dito. Tio Osmundo Cessim trouxe um pano de roupa para Mãe, um facão novo para Pai, uma roupinha para cada um dos meninos. Trouxe pão, também, que dava para todos; e bacalhau; e um rosário de contas rôxas, para Vovó Izidra. Tio Osmundo tinha bons cavalos, alforjes vistosos, e uma mala de carregar à frente da sela, o couro da mala cheirava muito gostoso. Ele era um homem apessoado, com barba e bigode. Perguntava de tudo. Sabia muitas coisas. Dizia que aquele lugar ali de primeiro se chamava era Urumutúm, depois mudou se chamando Mutúm, mais tarde ainda outros nomes diferentes podia ter. A gente avistava tio Osmundo, sentia espécie de esperança. Mas ele logo não gostou de Miguilim, não gostava, dizia só: — "Este um está antipático..." E mexia com os beiços, sacudia a cara, aquela cara azulosa, desprazida, que o diabo deu a ele.

Mano Liovaldo tinha uma gaitinha, que tocava na boca. Emprestou a gaitinha a Miguilim, mas um instante só, Miguilim tinha jeito nenhum para aprender a tocar — ele disse. Daí quis ver todos os brinquedos, foi especular no fundo da horta. Buliu nos anzois, até nos de Pai. Disse que quando fosse embora ia levar o Papaco-o-Paco para ele. Depois sentou no cocho do curral e todo tempo tocava na gaitinha, queria todo-o-mundo em redor dele.

Nos outros dias, Miguilim não restou em folga de brincar com o Liovaldo, porque para a roça cedinho saía. O Liovaldo recebia cavalo selado e ia brincar de campear, com o vaqueiro Jé ou com o vaqueiro Salúz. Mesmo quando não tinha serviço de roça, Pai mandava Miguilim ir buscar lenha, com o rapazinho Acúrcio, filho dum enxadeiro, queria lenha muita, eles puxavam os dois burros velhos. Depois, como sobrava muito leite, Pai mandou que todo dia Miguilim fosse levar as latas cheias até no Bugre, onde na ocasião não estavam costeando. Mãe não queria, disse que Miguilim para ir assim solitário ainda era muito pequeno; mas Pai teimou, disse que outros, mais menores, viajavam até mais longe, experimentou se Miguilim não sabia ver quando a barrigueira do cavalo estava frouxa, e se não era capaz sozinho de a apertar.

Miguilim montava no cavalo, com cangalha, punha as pernas para a frente. Era duro, não tinha coxim nenhum — o mesmo que estivesse sentado num pedaço de pau. Mas o vaqueiro Jé ensinou a botar capim em riba da cangalha, e Luisaltino emprestou uma pele de ovelha para pôr em cima do capim, de triliz. Melhorava. Pai prendia uma lata de leite de cada lado, grande. Miguilim tomava a benção e saía. O leite ia batendo, chuá, chuá, chuá, aquele barulhinho. O cavalo não podia trotar, ia a passo. Se corresse, o leite espirrava fora. A viagem enfarava. Era légua e quarto, Miguilim tinha sono. Às vezes vinha dormindo em cima do cavalo. Por tudo, tinha perdido mesmo o gosto e o fácil poder de inventar estórias. Mas, meio acordado, meio dormindo, pensava no Dito, sim.

Agora o pior era quando já estava quase chegando, logo que passava a ponte do Bugre, tinha as casas de uns meninos malignos, à beira do cerrado — o pai de um deles mesmo não gostava do pai de Miguilim — esses já esperavam ele passar, para jogarem pedradas, jogavam pedras e insultavam. Miguilim nada podia fazer: só, na hora de ir chegando lá, ele armava um galopão, avivava o cavalo. As latas sacudiam, esperdiçavam leite, depois Pai sabia e ia castigar Miguilim.

Na volta, em hora que ele estava mais tristonho e infeliz, foi-se lembrando de uma daquelas coisas que às vezes o Dito falava: — "Os outros têm uma espécie de cachorro farejador, dentro de cada um, eles mesmos não sabem. Isso feito um cachorro, que eles têm dentro deles, é que fareja, todo o tempo, se a gente por dentro da gente está mole, está sujo ou está ruim, ou errado... As pessôas, mesmas, não sabem. Mas, então, elas ficam assim com uma precisão de judiar com a gente..." "— Mas, então, Dito, a gente mesmo é que tem culpa de tudo, de tudo que padece?!" "— É." O Dito falava, depois ele mesmo se esquecia do que tinha falado; ele era como as outras pessôas. Mas Miguilim nunca se esquecia. Ah, o Dito não devia de ter morrido!

De onde era que o Dito descobria a verdade dessas coisas? Ele estava quieto, pensando noutros assuntos de conversa, e de repente falava aquilo. — "De mesmo, de tudo, essa ideia consegue chegar em sua cabeça, Dito?" Ele respondia que não. Que

Campo Geral

ele já sabia, mas não sabia antes que sabia. Como a respeito de se fazer promessa. O Dito tinha falado que em vez d'a gente só fazer promessa aos santos quando se estava em algum aperto, para cumprir o pagamento dela depois que tivesse sido atendido, ele achava que a gente podia fazer promessa e cumprir, *antes*, e mesmo nem não precisava d'a gente saber para que ia servir o pagamento dessa promessa, que assim se estava fazendo... Mas a gente marcava e cumpria, e alguma coisa bôa acontecia, ou alguma coisa ruim que estava para vir não vinha! Aquilo que o Dito tinha falado era bom, era bonito. Só de se lembrar, Miguilim ia levantando a cabeça e respirando mais, já começava a ficar animoso. Um dia, quando estivesse disposto, ele ia experimentar, ia executar uma promessa assim, no escuro, nas claridades. Agora, por enquanto, não. Agora ele estava sempre cansado, nem rezava quase. Mas, a promessa, ainda fazia! Por conta dos meninos da ponte do Bugre, não, nem não era preciso. Não carecia. Para aqueles, um dia ele trazia a faquinha, que ia ganhar do Luisaltino, então apeava do cavalo, de faquinha na mão, crescia para os meninos, eles se espantavam e corriam! Mas fazia a promessa era por conta de Pai. Por conta de Pai não gostar dele, ter tanto ódio dele, aquilo que nem não estava certo.

Quando Miguilim chegava em casa, Drelina ou Mãe punham o prato de comida para ele, na mêsa, o feijão, arroz, couve, às vezes tinha torresmos, às vezes tinha carne-seca, tinha batata-dôce, mandioca, ele mexia o feijão misturando com farinha-de-milho, ia comendo, sentado no banco, queria parecer o homenzinho sério, por fatigado. O Liovaldo então vinha querer conversar.

O Liovaldo era malino. Vinha com aquelas mesmas conversas do Patorí, mas mesmo piores. — "Miguilim, você precisa de mostrar sua pombinha à Rosa, à Maria Pretinha, quando não tiver ninguém perto..." Miguilim não respondia. Então o

Liovaldo dizia um feitiço que sabia, para fazer qualquer mulher ou menina consentir: que era só a gente apanhar um tiquinho de terra molhada com a urina dela, e prender numa cabacinha, junto com três formigas-cabeçudas. Miguilim se enraivecia, de nada não dizer. Mesmo o Liovaldo sendo maior do que ele, ele achava que o Liovaldo era abobado, demais. Perto do Liovaldo, Miguilim nem queria conversar com a Rosa, com o vaqueiro Salúz, com pessôa nenhuma, nem brincar com Tomèzinho e a Chica, porque o Liovaldo, só de estar em presença, parecia que estragava o costume da gente com as outras pessôas. Mas então o Liovaldo ainda ficava mais querendo a companhia dele.

E foi que uma vez ia passando o Grivo, carregando dois patos, peados com embira, disse que ia levando para vender no Tipã. O dia estava muito quente, os patos chiavam com sede, o Grivo esbarrou para escutar a gaitinha do Liovaldo — ele nunca tinha avistado aquilo — e aproveitou, punha os patos para beber água num pocinho sobrado da chuva. Aí o Liovaldo começou a debochar, daí cuspiu no Grivo, deu com o pé nos patos, e deu dois tapas no Grivo. O Grivo ficou com raiva, quis não deixar bater, mas o Liovaldo jogou o Grivo no chão, e ainda bateu mais. O Grivo então começou a chorar, dizendo que o Liovaldo estava judiando dele e da criação que ele ia levando para vender.

O ódio de Miguilim foi tanto, que ele mesmo não sabia o que era, quando pulou no Liovaldo. Mesmo menor, ele derrubou o Liovaldo, esfregou na terra, podia derrubar sessenta vezes! E esmurrou, esmurrou, batia no Liovaldo de todo jeito, dum tempo só até batia e mordia. Matava um cão?! O Liovaldo, quando pôde, chorava e gritava, disse depois que o Miguilim parecia o demo.

Era dia-de-domingo, Pai estava lá, veio correndo. Pegou o Miguilim, e o levou para casa, debaixo de pancadas. Levou para

Campo Geral   113

o alpendre. Bateu de mão, depois resolveu: tirou a roupa toda de Miguilim e começou a bater com a correia da cintura. Batia e xingava, mordia a ponta da língua, enrolada, se comprazia. Batia tanto, que Mãe, Drelina e a Chica, a Rosa, Tomèzinho, e até Vovó Izidra, choravam, pediam que não desse mais, que já chegava. Batia. Batia, mas Miguilim não chorava. Não chorava, porque estava com um pensamento: quando ele crescesse, matava Pai. Estava pensando de que jeito era que ia matar Pai, e então começou até a rir. Aí, Pai esbarrou de bater, espantado: como tinha batido na cabeça também, pensou que Miguilim podia estar ficando dôido.

— "Raio de menino indicado, cachôrro ruim! Eu queria era poder um dia abençoar teus calcanhares e tua nuca!..." — ainda gritou. Soltou Miguilim, e Miguilim caíu no chão. Também não se importou, nem queria se levantar mais.

E Miguilim chorou foi lá dentro de casa, quando Mãe estava lavando com água-com-sal os lugares machucados em seu corpo. — "Mas, meu filhinho, Miguilim, você, por causa de um estranho, você agride um irmão seu, um parente?" "— Bato! Bato é no que é o pior, no maldoso!" Bufava. Agora ele sabia, de toda certeza: Pai tinha raiva com ele, mas Pai não prestava. A Mãe o olhava com aqueles tristes e bonitos olhos. Mas Miguilim também não gostava mais da Mãe. Mãe sofria junto com ele, mas era mole — não punia em defesa, não brigava até ao fim por conta dele, que era fraco e menino, Pai podia judiar quanto queria. Mãe gostava era do Luisaltino... Mas até parece que ela adivinhava o pensamento de Miguilim, tanto que falava: — "Perdôa o teu Pai, que ele trabalha demais, Miguilim, para a gente poder sair de debaixo da pobreza..." Mas Miguilim não queria chorar mais. Podiam matar, se quisessem, mas ele não queria ter mais medo de ninguém, de jeito nenhum. Demais! Assoou o nariz. — "Pai é homem jagunço de mau. Pai não presta." Foi o que ele disse, com todo desprezo.

No outro dia, Mãe mandou o vaqueiro Salúz levar Miguilim junto com ele, no campeio. Era para Miguilim ficar três dias morando em casa do vaqueiro Salúz, enquanto Pai estivesse raivável. Miguilim queria ir. Só pediu à Rosa que não se esquecesse de tratar bem dos passarinhos. Dúvida que tinha, e vergonha, era uma: depois de tendo visto o Pai o tratar desmerecido assim, judiando e esmoralizando, o vaqueiro Salúz não ia também mermar com ele toda estima de respeito, e lidar às grossas, desfeiteado, desdenhado?

Mas foi tudo bom. O vaqueiro Jé veio também, até certo ponto, depois se apartava da gente, dando adeus. Miguilim montava no Cidrão, vaqueiro Salúz montava no Papavento. Beiravam as veredas, verdinhas, o buritizal brilhante. Buritis tão altos. As araras comiam os cocos, elas diligenciavam. O vaqueiro Salúz cantava:

> *"Meu cavalo tem topete,*
> *topete tem meu cavalo.*
> *No ano da seca dura,*
> *mandioca torce no ralo…"*

Do brejo voavam os arirís, em bandos, gritavam: — *arirí, arirí!* Depois, começava o mato. — "E estes, Salúz?" "— Estes são os grilos que piam de dia." Miguilim respirava forte. — "Ei, Miguilim, vai tornar a chover: o sabiazinho-pardo está cantando muito, invocando. Vigia ele ali!" "— Adonde? Não estou enxergando…" "— Mas, olha, ali mesmo! Mesmo mais menor do que um joão-de-barro. Ele é pássaro de beira de corgo…" E Vaqueiro Salúz também cantava:

"Quem quiser saber meu nome
carece perguntar não:
eu me chamo lenha seca,
carvão de barbatimão..."

Mas entravam a pasto a fora, podia se cantar não, não espantar o gado bravo. A gente tinha de não ser estouvado. Avançando devagarinho, macio, levando os cavalos de môita em môita, pisavam o fofo capim, gafanhotos pulavam. Carecia de se ir em rumo da casa do vento. — "Salúz, a gente não aboia? Você não toca o berrante?" "— Hoje não, Miguilim, senão eles pensam vão ganhar sal..." Passavam os periquitos, aquela gritaria, bando, bando. Vaqueiro Salúz tinha de ver se havia rêses doentes, machucadas, com bicheira. Boi morto, boca de cobra. Ervados. — "Estou visitando eles... Olha, Miguilim, bezerro da Brindada é danadinho, tudo quanto há ele come! Come cabresto, sedenho... Ele aprendeu a se encostar na cerca, de noite, mamava que mamava. De manhã, a Brindada tinha leite nenhum. A gente custou a descobrir essa manha..." Miguilim apeou para verter água, debaixo de um pau-terrinha. Gavião e urubú arrastavam sombras. Vez em quando a gente ouvia também um gró de papagaio. O cerrado estava cheio de pássaros. No alto da maria-pobre, um não cantava, outro no ramo passeava reto, em quanto cabia: era a alma-de-gato, que vive em visgo de verdes árvores. Salúz e Miguilim saíam num furado, já se escutava o a-surdo de boi. — "Miguilim, pois então aboia, vou mesmo fazer uma coisa só para você ver como é..." Aí, enquanto Miguilim aboiava, o vaqueiro Salúz desdependurou o berrante de tiracol, e tocou. A de ver: — "Eh cô!..." *"Huuu... huuu..."* — e a boiada mexe nos capões de mato.

Rebentava aquele barulho vivo de rumor, um estremecimento rangia, zunindo — *brrrr, brrrr* — depois um chuá enorme, parecia golpes de bichos dentro d'água. O gado vinha, de perto e de longe, vinham todos os mansos, bois, vacas, garrotes, correndo, os bezerrinhos alegre espinoteando, saíam raspando môitas, quebrando galhos, vinham; e uns berravam. Bruto que os bravos fugiam, a essa hora, numas distâncias. Quantidade! Mas o vaqueiro Salúz ainda achava pouco: — "Um vê, Miguilim, é boiadão grande: o chão treme! Mas isto aqui é uma boiadinha alheia..." Perto deles, bezerrinho preto abria os beiços, quase ria — banguelo; esse levantava o rabinho e com ele, por cima, dava uma laçada. Mais perto, pertinho, um novilho branco comia as folhas do cabo-verde-do-campo — aquela môita enorme, coberta de flores amarelas. E o sol batia nas flores e no garrote, que estava outro amarelo de alumiado. — "Miguilim, isto é o Gerais! Não é bom?" "— Mas o mais bonito que tem mesmo no mundo é boi; é não, Salúz?" "— É sim, Miguilim."

Que pena que tivessem de voltar, mas de uma banda do céu já tinha armação de chuva. Passarinho maria-branca piava: — *Birr! Birr!* O vaqueiro Salúz cortou um cacho de banana-caturra. A casa dele era pequena, toda de buriti. Vaqueiro Salúz, no entrar lá dentro, também era outro, mais dono, nos modos, na fala. Miguilim brincou com aquele menino Bustica, tão bobinho — ele fazia tudo que a gente mandava. Dormiu no mesmo jirau com aquele menino Bustica, o jirau não tinha roupa-de-cama: só pano de sacos, que Siàrlinda uns nos outros costurava; e fedia a mijo não, aquele menino Bustica nem não urinava na cama, só ameaçava. Siàrlinda era tão boa, ela cozinhou canjica com leite e queijo, para Miguilim. O vaqueiro Jé de tardinha passou por lá, comeu canjica também. O vaqueiro Jé disse para não deixarem os meninos sair de perto de casa, porque tinha aparecido uma onça muito grande nos matos do Mutúm, que era pintada, onça comedeira, que rondeava de noite por muitas veredas; e o rastro dela estava estando em toda a parte. Depois o vaqueiro Jé contou que daí a uns meses a Maria Pretinha ia ter menino. Vaqueiro Salúz riu e falou assim: — "A modo e coisa que eu cá sou rôxo, e a Siàrlinda é rôxa, Bustiquinha então deu o dado. Mas você, Jé, mais a Maria Pretinha, eu acho que o bezerrim é capaz de ser baetão, mouro ou chumbado..." E todos riram tudo.

Naqueles três dias, Miguilim desprezou qualquer saudade. Ele não queria gostar mais de pessôa nenhuma de casa, afora Mãitina e a Rosa. Só podia apreciar os outros, os estranhos; dos parentes, precisava de ter um enfaro de todos, juntos, todos pertencidos. Mesmo de Tomèzinho; Tomèzinho era muito diferente do Dito. Também não estava desejando se lembrar daqueles assuntos, dos conselhos do Dito. Um dia ele ia crescer, então todos com ele haviam de comer ferro. E mesmo agora não ia ter medo, ah, isso! Mexessem, fosse quem fosse, e mandava todo-o-mundo àquela parte, cantava o nome-da-mãe; e pronto. Quando teve de voltar, vinha pensando assim.

Chegou, e não falou nada. Não tomou a benção. Pai estava lá. — "O que é que este menino xixilado está pensando? Tu toma a benção?!" Tomou a benção, baixinho, surdo. Ficava olhando para o chão. Pai já estava encostado nele, como um boi bravo. Miguilim desquis de estremecer, ficou em pau, como estava. Já tinha resolvido: Pai ia bater, ele aguentava, não chorava, Pai batia até matar. Mas, na hora de morrer, ele rogava praga sentida. Aí Pai ia ver o que acontecia. Todos se chegaram para perto, até o tio Osmundo Cessim, Miguilim esperava. Duro.

Mas Pai não bateu em Miguilim. O que ele fez foi sair, foi pegar as gaiolas, uma por uma, abrindo, soltando embora os passarinhos, os passarinhos de Miguilim, depois pisava nas gaiolas e espedaçava. Todo o mundo calado. Miguilim não arredou do lugar. Pai tinha soltado os passarinhos todos, até o casalzinho de tico-ticos-reis que Miguilim pegara sozinho, por ideia dele mesmo, com peneira, na porta-da-cozinha, uma vez. Miguilim ainda esperou para ver se Pai vinha contra ele recomeçado. Mas não veio. Então Miguilim saíu. Foi ao fundo da horta, onde tinha um brinquedo de rodinha-d'água — sentou o pé, rebentou. Foi no cajueiro, onde estavam pendurados os alçapões de pegar passarinhos, e quebrou com todos. Depois veio, ajuntou os brinquedos que tinha, todas as coisas guardadas — os tentos de olho-de-boi e maria-preta, a pedra de cristal preto, uma carretilha de cisterna, um besouro verde com chifres, outro grande, dourado, uma folha de mica tigrada, a garrafinha vazia, o couro de cobra-pinima, a caixinha de madeira de cedro, a tesourinha quebrada, os carretéis, a caixa de papelão, os barbantes, o pedaço de chumbo, e outras coisas, que nem quis espiar — e jogou tudo fora, no terreiro. E então foi para o paiol. Queria ter mais raiva. Mas o que não lhe deixava a ideia era o casal de tico-ticos-reis, o macho tão altaneirozinho bonito — upupava aquele topete vermelho, todo, quando ia cantar. Miguilim tinha inventado de pôr a peneira meia em pé, encostada num toquinho de pau, amostrara arroz por debaixo, e pôde ficar de longe, segurando a pontinha de embira que estava lá amarrada no toquinho de pau, tico-tico-rei veio comer arroz, coração de Miguilim também, também, ele tinha puxado a embira… Agora, chorava.

 O Liovaldo apareceu. Tinha mesmo de olhar assim, feito se ele Miguilim fosse algum bicho. — "Uê, hem, malcriado? Você queria poder com o Pai?!" Miguilim fechou os olhos. — "Olha aqui, só falta o tiquinho de barro urinado…" O Liovaldo estava com uma cabacinha, dentro dela já tinha botado as formigas-cabeçudas? Miguilim não tinha nada com aquilo, o Liovaldo podia obrar o que quisesse. O Liovaldo ria por metades, parecia o capêta. — "Se você for fazer isso com a Chica ou Drelina, eu conto Mãe!" — Miguilim miou. Tinha-se levantado. De repente ele agarrou a cabacinha da mão do Liovaldo, tacou longe, no chão, foi pisou em cima, espatifou. Miguilim tinha as tempestades. — "Não era pra Drelina e Chica, não, era para Maria Pretinha, burro!" E o Liovaldo defastou, não aguentava encarar Miguilim, cismado. — "Quero mexida com dôido não, você dá acesso..." Foi saindo. Em tudo ele mentia.

Depois do jantar, tio Osmundo Cessim tirou uma pratinha de dinheiro da algibeira e quis dar a Miguilim. Mas Miguilim sacudiu a cabeça, disse que não carecia. Jeito nenhum não aceitou. E aí o tio Osmundo Cessim falou meio-baixo para o Pai: — "Seo Bero, seu filho tem coisa de fôgo. Este um não vai envergonhar ninguém, não..." Mãe olhou Miguilim, prazida. Pai escutou, e o que disse não disse nada.

Felizmente, com pouco o Liovaldo tornava a ir embora, mais o tio Osmundo Cessim. Levaram no embornal duas galinhas fritadas com farofa; levaram quantidade de breu de borá, que o Grivo vendeu. O Liovaldo deu a gaitinha para Tomèzinho. Mas só não pôde levar o Papaco-o-Paco, porque tio Osmundo Cessim falou que aperreava a viagem. Desde muito tempo Miguilim não senhoreava alegria tão espaçosa. Mas não era por causa de ter ficado livre do irmão. Menos por isso, que pelo pensamento forte que formou: o de uma vez poder ir também embora de casa. Não sabia quando nem como. Mas a ideia o suspendia, como um trom de consolo.

De novo, na roça, enquanto capinava, sem pressa podia ir pensando. — "De que é que você está rindo, Miguilim?" — Luisaltino perguntou. — "Estou rindo é da minhoca branca, que as formigas pegaram…" O Pai sacudia a cabeça. Miguilim pensava. Primeiro precisava de se lembrar bem de todas as coisas que o Dito ensinara. Daquele jeito de que se podia fazer promessa. Dali a mais dias, havia de começar a cumprir em adiantado uma promessa, promessa sem assunto, conforme o Dito tinha adivinhado. Promessa de rezar três terços, todo dia. Mais pesada ainda: um mês inteiro não ia comer dôce nenhum, nem fruta, nem rapadura. Nem tomar café… Só de se resolver, Miguilim parava feliz. Estava com um pouquinho de dôr-de--cabeça, o corpo não sustentava bem; mas não fazia mal: era só do sol. Tinha de assoar o nariz. — "É sangue, Miguilim, que você está botando…" Luisaltino trazia água, levava Miguilim para a sombra, ajudava-o a levantar um braço. — "É melhor você esbarrar e voltar para casa." "— Não. Eu capino." Já não estava botando sangue mais. Em quando refrescava o dia, o ar dos matos se retrasava bom, trespassava. Algum passarinho cantando: apeou naquele galho. Como um ramo de folha menor se desenha para baixo. As borboletas. Mas se carecia era de dobrar o corpo, levar os braços, gastar mais força, só prestar cautela no serviço, se não a ferramenta resvalava, torava a plantação. O relar da folha da enxada, nas pedrinhas, aqueles bichos miúdos pulando do capim, a gente avançando sempre, os pés pisando no matinho cortado. Dava o cheiro gostoso, de terra sombreada. As moças de lindos risos, na fazenda grande dos Barboz, as folhagens no chão, as frutinhas vermelhas de cheiro respingado — aquilo! — ah, então nunca ia poder ter um lugar assim, permanecia só aquele fulgorzinho na memória, e a enxada capinando, se suava, e o Pai ali tomando conta? Nunca mais. O corpo pesava, a cabeça ardendo, Miguilim nem ia poder cumprir promessa, agora ele desanimava de tudo. Doía.

De repente, no outro dia, Miguilim estava capinando, só sentia aquele mal-estar, tonteou: veio um tremor forte de frio e ele começou a vomitar. Deitou-se ali mesmo, no chão, escondendo os olhos, como um bichinho doente. — "Que é isso, Miguilim? Afrouxou?" Doença. Era uma dôr muito brava, na nuca, também. Tremura de frio não esbarrava. Luisaltino levantou-o do chão e teve de o levar para casa carregado. — "Miguilim, Miguilim, só assim, que é?" — a mãe aflita indagava. Vovó Izidra olhava-o e ia derreter o purgante. — "Mãe, que é que fizeram com o resto da roupinha do Dito?" — agora ele queria saber. — "Está guardada, Miguilim. Depois ela ainda vai servir para Tomèzinho." "— Mãe, e as alpercatinhas do Dito?" "— Também, Miguilim. Agora você descansa." Miguilim tinha mesmo que descansar, perdera a força de aluir com um dedo. Suava, suava. O latido dos cachorros no pátio vinha de muito longe, junto com a conversa da Rosa na cozinha, o cló das galinhas no quintal, a correria de Tomèzinho, a fala de Papaco-o-Paco, o rumorzinho das árvores. Tudo tão misturado e macio, não se sabia bem, parecia que o dia tinha outras claridades.

Depois, Miguilim nem ia conhecendo quando era dia e quando era noite. Transpirava e tremia invernos, emborcava-o aquela dôr cravável na nuca. Só prostrado. Viu grande a cara tristã de seo Deográcias. Engulia os remédios. Sofria um descochilado aborrecimento, quando o estavam pondo na bacia maior, para banho na água fria. — "A barriguinha dele está toda sarapintada de vermelhos..." — escutava Vovó Izidra dizendo. A Mãe chorava, espairecia uma brandura. Davam banho, depois o deitavam, rebuçavam bem. Todos vinham ver. Até Mãitina. Por estado de um momento, ele pensou que ia assim morrer; mas era só aquela palavra *morrer*, nem desenrolava medo, nem imaginava fim de tudo e escuro. Tanta era a bambeza. Toda hora limpavam-lhe a boca, com um paninho remolhado. A dôr na nuca mexia, se enraizando; parecia que a cabeça, a parte sã, tinha de aguentar, mas sempre rodeava aquela dôr, queria enrolar aquela dôr, feito uma água cerca um punhadão de brasas. Aguentar aquela dôr parecia um serviço. E então Miguilim viu Pai, e arregalou os olhos: não podia, jeito nenhum não podia mesmo ser. Mas era. Pai não ralhava, não estava agravado, não vinha descompor. Pai chorava, estramontado, demordia de morder os beiços. Miguilim sorriu. Pai chorou mais forte: — "Nem Deus não pode achar isto justo direito, de adoecer meus filhinhos todos um depois do outro, parece que é a gente só quem tem de purgar padecer!?" Pai gritava uma braveza toda, mas por amôr dele, Miguilim. Mãe segurou no braço de Pai e levou-o embora. Mas Miguilim não alcançava correr atrás de pensamento nenhum, não calcava explicação. Só transpirava e curtia frios; punha sangue pelo nariz; e a cabeça redoía. Do que tirou um instante contente foi da vinda do Grivo: o Grivo trouxe um canarinho-cabeça-de-fôgo dentro de uma gaiola pequena e mal feita, mas que era presente para ele Miguilim, presente de amizade.

— "Miguilim, seo Brízido Boi matou a onça pintada. Você vai ver o couro dela…" — o vaqueiro Jé contava. Ele sentia aquela preguiça de ter de entender. Mas devia de estar melhorado, a cara de todos era mais sensata. — "Miguilim, agora você vai se alegrar: seu pai ajustou o Grivo p'ra trabalhar com a gente, ele quer aprender ofício de vaqueiro…" — falou o vaqueiro Salúz. A alegria Miguilim adiava, agora não estava em meios. Sempre cansado, todo cansado, e a água quebrada da frieza não matava a sede. Tinha saudade do tempo-de-frio, quando a água é friinha, bôa. Tinha necessidade alguma laranja. — "Laranja… Laranja…" — gemia. O corpo inteiro doía sem pontas. O Pai exclamava que ele mesmo era quem ia buscar laranja para o Miguilim, aonde fosse que fosse, em qualquer parte que tivesse, até nos confins. Mandava arrear cavalo, assoviava chamando um cachorro, lá iam. Miguilim tornava a dormir. Tornavam a dar banho. Todos estavam chorosos outra vez. — "Mãe, fala no Ditinho..." Queria sonhar com o Dito, de frente, nunca tinha sonhado. Mas não conseguia.

O Pai trazia abacaxi, lima, limão-dôce: laranja não se achava mesmo em nenhuma parte no Gerais, assim tão diverso do tempo. Miguilim tinha os beiços em ferida. — "Mãe, os dias todos vão passando?" — "Vão, Miguilim, hoje é o seteno. Falta pouco para você sarar." — "Mãe, depois mesmo que eu sarar, vocês deixam eu ficar ainda muitos dias aqui deitado, descansando?" "— Pode, meu filhinho, você vai poder descansar todo o tempo que quiser..." Dormia longe.

— "Mãe... Mãe! Mãe!..." Que matinada era aquela? Por que todos estavam assim gritando, chorando? "— Miguilim, Miguilim, meu Deus, tem pena de nós! Pai fugiu para o mato, Pai matou o Luisaltino!..."

— "Não me mata! Não me mata!" — implorava Miguilim, gritado, soluçado. Mas vinha Vovó Izidra, expulsava todos para fora do quarto. Vovó Izidra sentava na beira da cama, segurando a mão de Miguilim: — "Vamos rezar, Miguilim, deixa os outros, eles se arrumam; esquece de todos: você carece é de sarar! Eu rezo, você me acompanha de coração, enquanto que puder, depois dorme..." Vovó Izidra rezava sem esbarrar, as orações tão bonitas, todas que ela sabia, todos os santos do Céu eram falados. Quando Miguilim tornou a acordar, era de noite, a lamparina acendida, e Vovó Izidra estava sempre lá, no mesmo lugar, rezando. Ela dava água, dava caldo quente, dava remédio. Miguilim tinha de ter os olhos encostados nos dela. E de repente ela disse: — "Escuta, Miguilim, sem assustar: seu Pai também está morto. Ele perdeu a cabeça depois do que fez, foi achado morto no meio do cerrado, se enforcou com um cipó, ficou pendurado numa môita grande de miroró... Mas Deus não morre, Miguilim, e Nosso Senhor Jesus Cristo também não morre mais, que está no Céu, assentado à mão direita!... Reza, Miguilim. Reza e dorme!"

Despertava exato, dava um recomeço de tudo.

De manhã, Mãe veio, se ajoelhou, chorava tapando a cara com as duas mãos: — "Miguilim, não foi culpa de ninguém, não foi culpa..." — todas as vezes ela repetia. — "Mãe, Pai já enterraram?" "— Já, meu filhinho. De lá mesmo foi levado para o Terentém..." "— E todos estão aí, Tomèzinho, Drelina, a Chica?" "— Estão, Miguilim, todos gostando de todos..." "— E eu posso ficar doente, quieto, ninguém bole?" As lágrimas da Mãe ele escutava. — "Mãe, a senhora vai rezar também para o Dito?" O Dito sabia. Se o Dito estivesse ainda em casa, quem sabe aquilo tudo não acontecia. Miguilim chorava devagar, com cautela para a cabecinha não doer; chorava pelo Pai, por todos juntos. Depois ficava num arretriste, aquela saudade sozinha.

Seo Aristeu, quando deu de vir, trazia um favo grande de mel de oropa, enrolado nas folhas verdes. — "Miguilim, você sara! Sara, que jão estão longe as chuvas janeiras e fevereiras... Miguilim, você carece de ficar alegre. Tristeza é agouría..."

— Foi o Dito quem ensinou isso ao senhor, seo Aristeu?

— Foi o sol, mais as abelhinhas, mais minha riqueza enorme que ainda não tenho, Miguilim. Escuta como você vai sarar sempre:

> *"Amarro fitas no raio,*
> *formo as estrelas em par,*
> *faço o inferno fechar porta,*
> *dou cachaça ao sabiá,*

boto gibão no tatú,
calço espora em marruá;
sojigo onça pelas tetas,
mò de os meninos mamar!"

Seo Aristeu fincava o dedo na testa, fazia vênia de rapapé no meio do quarto, trançava as pernas, ele era tão engraçado, tão comprido.

— Adeusinho de adeus, Miguilim. Quando você sarar mais, escuta, é assim:

Ô ninho de passarim,
ovinho de passarinhar:
se eu não gostar de mim,
quem é mais que vai gostar?

De rir, a gente podia toda a vida. Seo Aristeu sabia ser.

Aos dias, Miguilim melhorava. Sobressarado, já podia se levantar um pouquinho, sem escora. Mas cansava logo. De comer, só tasquinhava: comida nenhuma não tinha gosto, o café também não tinha. Tio Terêz apareceu, estava com um fumo de luto no paletó, conversou muito com Miguilim. Vovó Izidra abençoou Miguilim, pôs mais duas medalhinhas no pescoço dele, trocou o fio do cordão, que estava muito velho, encardido e sujo de doença. Por fim ela beijou, abraçou Miguilim, se despedindo — ia embora, por nunca mais, ali não ficava. Tio Terêz é que ia voltar para morar com eles, trabalhando, sempre. Mas Miguilim não gostava mais de Tio Terêz, achava que era pecado gostar.

Por causa do restinho de doença, ele não devia de brincar com os irmãos, nem com o Grivo. Mas podia parar sentado, muito tempo, ouvindo o Papaco-o-Paco conversar, vendo Mãitina lavar roupa e a Chica pular corda. — "Entra pra dentro, Miguilim, está caindo sereno…" Entrava, deitava na rede, tinha tanta vontade de poder tirar estórias compridas, bonitas, de sua cabeça, outra vez. Não queria nada. — "Tempo bom é este, Miguilim: a gente planta couve e colhe repolho; então, come alface…" — seo Aristeu tinha falado. — "Mãe, seo Aristeu bebe?" "— E bebe não, Miguilim. Mas ele nasceu foi no meio-dia, em dia-de-domingo…" Tio Terêz agora estava trabalhando por demais, fez ajuste com mais um enxadeiro, e ia se agenciar de garroteiro, também. Ele tinha uma roupa inteira de couro, mais bonita do que a do vaqueiro Salúz; dava até inveja. — "Se daqui a uns meses sua mãe se casar com o Tio Terêz, Miguilim, isso é de teu gosto?" — Mãe indagava. Miguilim não se importava, aquilo tudo era bobagens. Todo mundo era meio um pouco bôbo. Quando ele ficasse forte são de todo, ia ter de trabalhar com Tio Terêz na roça? Gostava mais de ofício de vaqueiro. Se o Dito em casa ainda estivesse, o que era que o Dito achava? O Dito dizia que o certo era a gente estar sempre brabo de alegre, alegre por dentro, mesmo com tudo de ruim que acontecesse, alegre nas profundas. Podia? Alegre era a gente viver devagarinho, miudinho, não se importando demais com coisa nenhuma.

 Depois, de dia em dia, e Miguilim já conseguia de caminhar direito, sem acabar cansando. Já sentia o tempero bom da comida; a Rosa fazia para ele todos os dôces, de mamão, laranja-da-terra em calda de rapadura, geleia de mocotó. Miguilim, por si, passeava. Descia maneiro à estrada do Tipã, via o capim dar flôr. Um qualquer dia ia pedir para ir até na Vereda, visitar seo Aristeu. Zerró e Seu-Nome corriam adiante e voltavam, brincando de rastrear o incerto. Um gavião gritava empinho, perto.

 De repente lá vinha um homem a cavalo. Eram dois. Um senhor de fora, o claro da roupa. Miguilim saudou, pedindo a benção. O homem trouxe o cavalo cá bem junto. Ele era de óculos, corado, alto, com um chapéu diferente, mesmo.

— Deus te abençoe, pequeninho. Como é teu nome?

— Miguilim. Eu sou irmão do Dito.

— E seu irmão Dito é o dono daqui?

— Não, meu senhor. O Ditinho está em glória.

O homem esbarrava o avanço do cavalo, que era zelado, manteúdo, formoso como nenhum outro. Redizia:

— Ah, não sabia, não. Deus o tenha em sua guarda... Mas, que é que há, Miguilim?

Miguilim queria ver se o homem estava mesmo sorrindo para ele, por isso é que o encarava.

— Por que você aperta os olhos assim? Você não é limpo de vista? Vamos até lá. Quem é que está em tua casa?

— É Mãe, e os meninos...

Estava Mãe, estava Tio Terêz, estavam todos. O senhor alto e claro se apeou. O outro, que vinha com ele, era um camarada. O senhor perguntava à Mãe muitas coisas do Miguilim. Depois perguntava a ele mesmo: — "Miguilim, espia daí: quantos dedos da minha mão você está enxergando? E agora?"

Miguilim espremia os olhos. Drelina e a Chica riam. Tomèzinho tinha ido se esconder.

— Este nosso rapazinho tem a vista curta. Espera aí, Miguilim...

E o senhor tirava os óculos e punha-os em Miguilim, com todo o jeito.

— Olha, agora!

Miguilim olhou. Nem não podia acreditar! Tudo era uma claridade, tudo novo e lindo e diferente, as coisas, as árvores, as caras das pessôas. Via os grãozinhos de areia, a pele da terra, as pedrinhas menores, as formiguinhas passeando no chão de uma distância. E tonteava. Aqui, ali, meu Deus, tanta coisa, tudo... O senhor tinha retirado dele os óculos, e Miguilim ainda apontava, falava, contava tudo como era, como tinha visto. Mãe esteve assim assustada; mas o senhor dizia que aquilo era do modo mesmo, só que Miguilim também carecia de usar óculos, dali por diante. O senhor bebia café com eles. Era o doutor José Lourenço, do Curvêlo. Tudo podia. Coração de Miguilim batia descompasso, ele careceu de ir lá dentro, contar à Rosa, à Maria Pretinha, a Mãitina. A Chica veio correndo atrás, mexeu: — "Miguilim, você é piticégo..." E ele respondeu: — "Donazinha..."

Quando voltou, o doutor José Lourenço já tinha ido embora.

— "Você está triste, Miguilim?" — Mãe perguntou.

Miguilim não sabia. Todos eram maiores do que ele, as coisas reviravam sempre dum modo tão diferente, eram grandes demais.

— Pra onde ele foi?

— A foi p'ra a Vereda do Tipã, onde os caçadores estão. Mas amanhã ele volta, de manhã, antes de ir s'embora para a cidade. Disse que, você querendo, Miguilim, ele junto te leva... — O doutor era homem muito bom, levava o Miguilim, lá ele comprava uns óculos pequenos, entrava para a escola, depois aprendia ofício. — "Você mesmo quer ir?"

Miguilim não sabia. Fazia peso para não soluçar. Sua alma, até ao fundo, se esfriava. Mas Mãe disse:

— Vai, meu filho. É a luz dos teus olhos, que só Deus teve poder para te dar. Vai. Fim do ano, a gente puder, faz a viagem também. Um dia todos se encontram...

E Mãe foi arrumar a roupinha dele. A Rosa matava galinha, para pôr na capanga, com farofa. Miguilim ia no cavalo Diamante — depois era vendido lá na cidade, o dinheiro ficava para ele. — "Mãe, é o mar? Ou é para a banda do Pau-Rôxo,

Mãe? É muito longe?" "— Mais longe é, meu filhinho. Mas é do lado do Pau-Rôxo não. É o contrário..." A Mãe suspirava suave.

— "Mãe, mas por que é, então, para que é, que acontece tudo?!"

"— Miguilim, me abraça, meu filhinho, que eu te tenho tanto amor..."

Os cachorros latiam lá fora; de cada um, o latido, a gente podia reconhecer. E o jeito, tão oferecido, tão animado, de que o Papaco-o-Paco dava o pé. Papaco-o-Paco sobrecantava: *"Mestre Domingos, que vem fazer aqui? Vim buscar meia-pataca, pra beber meu parati..."* Mãe ia lavar o corpo de Miguilim, bem ensaboar e esfregar as orêlhas, com bucha. — "Você pode levar também as alpecartinhas do Dito, elas servem para você..."

No outro dia os galos já cantavam tão cedinho, os passarinhos que cantavam, os bem-te-vis de lá, os passo-pretos: — *Que alegre é assim... alegre é assim...* Então. Todos estavam em casa. Para um em grandes horas, todos: Mãe, os meninos, Tio Terêz, o vaqueiro Salúz, o vaqueiro Jé, o Grivo, a mãe do Grivo, Siàrlinda e o Bustiquinho, os enxadeiros, outras pessôas. Miguilim calçou as botinas. Se despediu de todos uma primeira vez, principiando por Mãitina e Maria Pretinha. As vacas, presas no curral. O cavalo Diamante já estava arreado, com os estrivos em curto, o pelêgo melhor acorreado por cima da sela. Tio Terêz deu a Miguilim a cabacinha formosa, entrelaçada com cipós. Todos eram bons para ele, todos do Mutúm.

O doutor chegou. — "Miguilim, você está aprontado? Está animoso?" Miguilim abraçava todos, um por um, dizia adeus até aos cachorros, ao Papaco-o-Paco, ao gato Sossõe que lambia as mãozinhas se asseando. Beijou a mão da mãe do Grivo. — "Dá lembrança a seo Aristeu... Dá lembrança a seo Deográcias..." Estava abraçado com Mãe. Podiam sair.

Mas, então, de repente, Miguilim parou em frente do doutor. Todo tremia, quase sem coragem de dizer o que tinha vontade. Por fim, disse. Pediu. O doutor entendeu e achou graça. Tirou os óculos, pôs na cara de Miguilim.

E Miguilim olhou para todos, com tanta força. Saíu lá fora. Olhou os matos escuros de cima do morro, aqui a casa, a cerca de feijão-bravo e são-caetano; o céu, o curral, o quintal; os olhos redondos e os vidros altos da manhã. Olhou, mais longe, o gado pastando perto do brejo, florido de são-josés, como um algodão. O verde dos buritis, na primeira vereda. O Mutúm era bonito! Agora ele sabia. Olhou Mãitina, que gostava de o ver de óculos, batia palmas-de-mão e gritava: — *"Cena, Corinta!..."* Olhou o redondo de pedrinhas, debaixo do jenipapeiro.

Olhava mais era para Mãe. Drelina era bonita, a Chica, Tomèzinho. Sorriu para Tio Terêz: — "Tio Terêz, o senhor parece com Pai..." Todos choravam. O doutor limpou a goela, disse: — "Não sei, quando eu tiro esses óculos, tão fortes, até meus olhos se enchem d'água..." Miguilim entregou a ele os óculos outra vez. Um soluçozinho veio. Dito e a Cuca Pingo-de-Ouro. E o Pai. *Sempre alegre, Miguilim... Sempre alegre, Miguilim...* Nem sabia o que era alegria e tristeza. Mãe o beijava. A Rosa punha-lhe dôces-de-leite nas algibeiras, para a viagem. Papaco-o-Paco falava, alto, falava.

Nota

Não é à toa que os livros de João Guimarães Rosa seguem cativando gerações de leitores. Expondo com imaginação e riqueza de detalhes paisagens e circunstâncias que fazem parte do cotidiano sertanejo, ele nos emociona com seu talento ao manejar a língua portuguesa. Com maestria, o escritor mineiro recupera vocábulos antigos, combina palavras de maneira inusitada ou mesmo cria novos termos, um de seus maiores dons. Sobre a forma ímpar por meio da qual opera sua linguagem, Guimarães Rosa chegou a confidenciar em uma entrevista concedida a Günter Lorenz, em Gênova, na Itália, em janeiro de 1965:

> Meu lema é: a linguagem e a vida são uma coisa só. Quem não fizer do idioma o espelho de sua personalidade não vive; e como a vida é uma corrente contínua, a linguagem também deve evoluir constantemente.

"Campo Geral" é uma novela que compõe a extensa obra *Corpo de baile*, lançada em 1956. Quatro anos depois, em 1960, o título passaria a ser publicado num único tomo. Em 1964, a obra foi desmembrada em três volumes, e "Campo Geral" passou a integrar o livro *Manuelzão e Miguilim*. A novela, que apresenta o mundo do ponto de vista do menino Miguilim, ganharia em 2007 uma versão cinematográfica, com o lançamento de *Mutum*, longa-metragem dirigido pela cineasta Sandra Kogut e filmado no sertão de Minas Gerais. O número de adaptações para o teatro da história do menino Miguilim, personagem principal da trama, só cresce, sempre ocupando os palcos dos principais espaços cênicos do país.

Impossível não se emocionar com as observações e vivências de Miguilim, menino sensível e perspicaz que vive num remoto lugarejo sertanejo chamado Mutum, em companhia de sua família e rodeado pela encantadora natureza da região. Nos pensamentos e nas falas da criança, submergem sentimentos em graus intensos, como medo, euforia, angústia, coragem, desespero e fascínio. O modo como Miguilim enxerga a vida, repleto de inocência e de esperança, é dos elementos mais envolventes dessa novela. Pelos olhos do menino, os leitores são naturalmente levados a se reconectarem com suas lembranças da infância, fazendo reavivar um conjunto de sensações que elas evocam.

O texto aqui presente tomou como base a terceira edição de *Manuelzão e Miguilim*, publicada pela Livraria José Olympio Editora em 1964. Procurando conservar a inventividade da linguagem criada por Guimarães Rosa, o texto foi revisto de forma cuidadosa, atualizando, de forma pontual, a grafia das palavras e acentuações conforme as reformas ortográficas da língua portuguesa de 1971 e de 1990.

Guimarães Rosa permitiu-se conceber praticamente uma nova língua, tamanha sua criatividade com as palavras. Tão inovadora quanto sua habilidade imbatível para jogar com a linguagem foi, sem dúvida, sua incomparável capacidade de conceber enredos que tratam com detalhe e envolvimento as especificidades de um mundo, revelando-nos com profundidade o que ele tem de universal.

Os editores

Sobre o autor

João Guimarães Rosa nasceu em 27 de junho de 1908 em Cordisburgo, Minas Gerais, e faleceu em 19 de novembro de 1967, no Rio de Janeiro. Publicou em 1946 seu primeiro livro, *Sagarana*, recebido pela crítica com entusiasmo por sua capacidade narrativa e linguagem inventiva. Formado em Medicina, chegou a exercer o ofício em Minas Gerais e, posteriormente, seguiu carreira diplomática. Além de *Sagarana*, constituiu uma obra notável com outros livros de primeira grandeza, como: *Primeiras estórias*, *Manuelzão e Miguilim*, *Tutameia — Terceiras estórias*, *Estas estórias* e *Grande sertão: veredas*, romance que o levou a ser reconhecido no exterior. Em 1961, recebeu o prêmio Machado de Assis da Academia Brasileira de Letras pelo conjunto de sua obra literária.